Das Auge Jupiters

… und andere Science-Fiction-Rätsel & Detektivgeschichten

ausgedacht und ausgewählt von:

Peter Ripota

Peter Ripota
studierte
Physik und
Mathematik
an der
Technischen
Hochschule
Wien. Als
langjähriger
Mitarbeiter des
P.M.-Magazins
popularisierte
er die ver-
schiedensten
Themen,
vor allem
aus Physik,
Mathematik
und Astronomie.

Bibliografische Information der Deutschen Nationalbibliothek:

Die Deutsche Nationalbibliothek verzeichnet diese Publikation in der Deutschen Nationalbibliografie; detaillierte bibliografische Daten sind im Internet über http://dnb.d-nb.de abrufbar.

© 2020 Peter Ripota, 3. Auflage 2023

Herstellung und Verlag: BoD – Books on Demand, Norderstedt

ISBN **9-783-752-6711-24**

e-mail: tango@peter-ripota.de

Webseite: http://www.peter-ripota.de/

In der zweiten Auflage wurden drei weitere Rätsel hinzugenommen und dafür "Das Geheimnis des Hochstrahlbrunnens" gestrichen. So blieb der Gesamtumfang erhalten.

In der dritten Auflage wurden einige Rechtschreibfehler korrigiert und das Titelbild geringfügig verändert.

Inhalt

Wie es dazu kam

Im Jahr 1979 fragte mich ein Bekannter, der für eine Rätsel- und Spiele-Zeitschrift arbeitete, ob ich ihm nicht ein paar Denksportaufgaben aus meinem Hobby, der Science-Fiction, liefern könnte. Ich fragte ihn, wie man sich denn Science-Fiction-Rätsel ausdenken solle, doch er meinte nur: Mach mal.

Und so dachte ich mir drei solche Rätsel für ihn aus, mit Ideen für weitere drei Rätsel. Zwei wurden veröffentlicht, dann stellte die Zeitschrift ihr Erscheinen ein und ich meine Bemühungen zu Hirnverzwistern im Weltraum.

Doch mehr als 40 Jahre später, ich hatte da schon lange einen wöchentlichen Rundbrief, fiel mir die Sache wieder ein. Warum nicht die Gedanken von damals aufgreifen und vielleicht ein paar neue hinzufügen? Mein Blogger-Kollege P. J. Blumenthal fand die Idee so gut, dass er meinte: Mach doch ein Buch daraus. Und da es heutzutage kein Problem darstellt, ein Buch zu veröffentlichen (was nichts damit zu tun hat, es dann auch zu verkaufen), habe ich meine Rundbriefrätsel noch ein wenig erweitert, dazu zwei Kurzgeschichten hinzugefügt, bei denen ich die - zugegeben, etwas fantastischen - Lösungen nicht dem Leser überließ, sondern selbst explizierte. Und damit die geneigte Leseperson auch zu einem echten Lesegenuss kommt, habe ich noch eine Profistory von einem meiner Lieblingsautoren (Robert F. Young) eingefügt.

Genug der Vorreden! Machen Sie mit oder amüsieren Sie sich, lassen Sie Logik walten oder sich von Fantasie beflügeln, sehen Sie das Offensichtliche und übersehen Sie nicht das Fantastische, ordnen Sie den nüchternen Alltag oder reiten Sie auf den Wellen außerweltlicher Visionen - Hauptsache, es macht Spaß!

Peter Ripota

Der harmonische Tangoabend

Fünf Männer und fünf Frauen, alle single, wollen an einem Tango-Seminar teilnehmen. Ihre Vorlieben und Ablehnungen gegenüber manchen Personen sind aber so ausgeprägt, dass es den Veranstaltern Mühe macht, alle Bedingungen unter einen Hut zu bekommen, sodass kein Paar nachher sagen muss: Das hab ich nicht gewollt. Dafür gibt es nur eine Lösung.

Anmerkung: Zur Zeit der Niederschrift dieses Rätsels handelte es sich tatsächlich um eine Science-Fiction-Aufgabe, denn tanzen mit Personen außerhalb des eigenen Haushalts war infolge Corona-Pandemie verboten!

Pedro und Maria waren die Besitzer einer kleinen Tangoschule namens "Mi noche triste" (früherer Name: "Tango y sonrisa"). Nachdem die Corona-Pandemie abgeflaut war (daher die Bezeichnung "Science-Fiction" im Titel!), hatte das Paar wieder einen Kurs angekündigt, diesmal für Singles. Sie hatten versprochen, die Männer und Frauen für den Kurs zusammen zu bringen, und sie hatten in der Ausschreibung sogar gesagt: Nennt eure Vorlieben und Abneigungen bezüglich einer Partner-Person. Was die Anmelder ausgiebig taten.

So brütete nun das Lehrerpaar über der Anmeldeliste (es hatten sich 5 Männer und 5 Frauen angemeldet) und versuchten, Paarungen vorzunehmen, die allen Teilnehmern angenehm waren.

"Wir müssen die Vorlieben der Männer berücksichtigen." sagte Pedro. "Nein" widersprach Maria, "wir müssen die Abneigungen der Frauen berücksichtigen."

Und so geschah es. Maria begann:

"Da hätten wir einmal **Elvira**. Die will auf keinen Fall mit *Christian*, der hat sie einmal mitten im Tanz stehen gelassen, und auch nicht mit *Jochen*. Der hat ihr, als Musikmacher, einmal einen Wunsch verweigert."

"Empfindlich sind die Frauen ..."

"Wart er erst mal, was die Männer zu sagen haben! Weiter: Amalia, nein **Amelie** -"

"Immer diese modischen Namen. Hoffentlich haben wir keinen Kevin."

"Und wenn, dann soll er mit Amelie tanzen. Also diese Dame ist sehr wählerisch. Sie tanzt auf keinen Fall mit *Joachim*, der ist ihr zu klein; auch nicht mit *Alfons*, der ist ihr zu groß; und auch nicht mit *Albert*, das ist ihr Ex."

"Oh je, das wird heiter. Wer noch?"

"**Christine** mag Christian nicht. Der hat sie einmal verbal aufgefordert, statt nur mit Blickkontakt. Dagegen ist **Christiane** ein Idealfall: Sie tanzt mit jedem."

"Blutgruppe null ..." "Wie bitte?" "Nichts. Wahrscheinlich ist sie neu in der Szene. Und die letzte?"

"**Flora** kennt jede Menge Männer, die sie auf keinen Fall näher an sich heranlassen will. Dazu gehört *Joachim*, er schaut ihr immer in den Ausschnitt; und **Albert**, der tanzt ihr zu schlecht; und *Jochen*, der tanzt ihr zu gut."

"Heikel sind die Leute ... Dann lese ich dir die Männer vor.

Da wäre also **Joachim**. Der hat Ansprüche! Auf keinen Fall mit *Christine*, die trägt ein Parfüm, das er als sexuelle Nötigung betrachtet; nicht mit *Christiane*, die kennt er zu wenig; nicht mit *Flora*, die kennt er zu gut.

Dann hätten wir **Christian**. Der will nicht mit *Amelie*, mit Ausländerinnen tanzt er nicht."

"Aber die ist doch Deutsche!"

"Schon, aber dem Namen nach nicht, und das mag er nicht. Also weiter:

Jochen will nicht mit *Elvira*, die kann die Volcada nicht; und auch nicht mit *Christine*, die schaut beim Tanzen immer in die falsche Richtung, vermutlich, ob sie auch gehörig bewundert wird. **Alfons** will nicht mit *Flora*. Die hatten wohl mal was miteinander, und jetzt haben sie nichts mehr miteinander. Bleibt **Albert**. Der mag nicht mit *Christiane*. Die hat nämlich einmal mit Christian getanzt, ein ander Mal sogar mit Jochen. Also ist sie in seinen Augen 'beschmutzt' und damit nicht mehr betanzbar."

"Na, das wird was. Wir bräuchten ein Stundenplanprogramm, um alles auszuschließen, was nicht geht."

Aber nach einigem Tüfteln mit Papier und Bleistift hatten die beiden die idealen Paarungen ausgeknobelt. Wie sehen sie aus?

Das Auge Jupiters

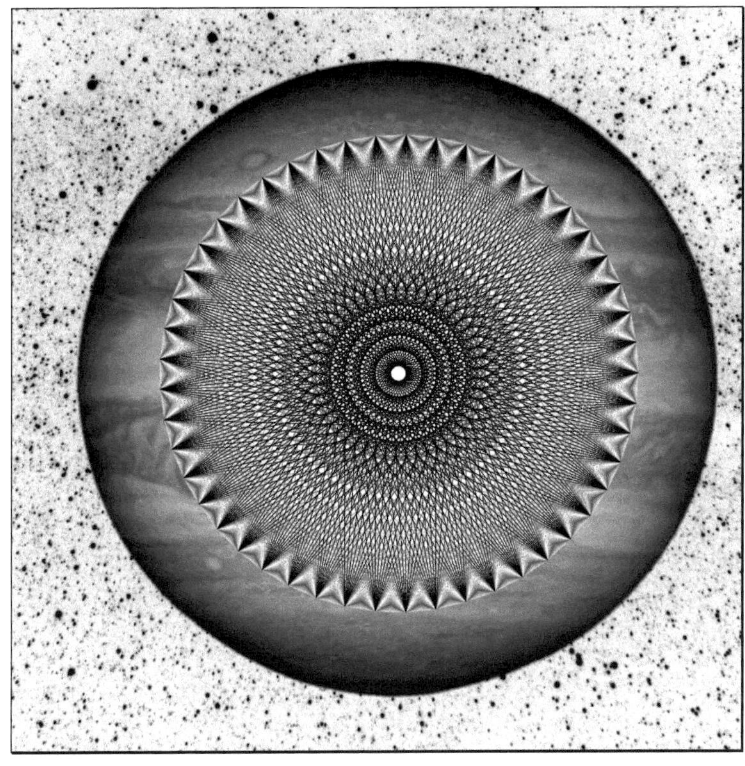

Ein Raumschiff landet auf Kallisto. Die Besatzung entdeckt seltsame Lebewesen und deren Heiligtum, einen leuchtenden Kristall, den sie das "Auge Jupiters" nennen. Als er gestohlen wird, kommt es zu verwirrenden Zeugenaussagen. Denn die Bewohner Kallistos sehen Farben anders als wir.

In weitem Schwung näherte sich die "Telemacque", das Raumschiff der Europäischen Gemeinschaft zur Erforschung der äußeren Planeten, dem Jupitermond Kallisto. Der Bordcomputer wertete die Oberflächenbilder aus und bestimmte die günstigste Landungsstelle. Sanft setzte die "Telemacque" auf der dunklen, felsigen Oberfläche des kleinen Weltkörpers auf.

"Gute Landung", sagte der Käptn zu sich selbst. "Wie üblich", fügte er dann, nicht mehr ganz so überzeugt, hinzu. Die Besatzung versammelte sich vor dem riesigen Bordfenster und betrachtete andächtig die fremde Welt ringsum.

Düster lag sie vor ihnen, und nur der Mutterplanet Jupiter beleuchtete riesengroß und unheimlich in blaugrün und orange die felsige Oberfläche. In diesem Augenblick erschien Jupiters "Großer Roter Fleck" am Rand der abgeplatteten Leuchtscheibe, starrte unheildrohend herab auf das öde Welteneiland und wanderte langsam über die Planetenoberfläche. Wie ein ausgeronnenes Spiegelei zog er auf einer Ölschicht weiter und verschwand hinter dem Planetenhorizont. Im selben Augenblick ging es wie ein Aufatmen durch die kleine Welt. Die eisige Stille schien verdampft, die Winde wehten wieder und das Leben kehrte zurück. Es war, als ob der "Große Strenge Gott" sich schlafen gelegt hätte.

Kontakt mit den Fremden

Nach diesem ersten Eindruck begann die Besatzung des Forschungsschiffs, sich mit der neuen Welt systematisch zu beschäftigen. Die Männer und Frauen schwärmten in ihren farbigen Weltraumanzügen aus. Jeder Anzug hatte eine andere Farbkombination von Helm, Oberkörper, Beinen, sodass die einzelnen Leute auch aus der Ferne sofort erkennbar waren.

Die Astronauten maßen Atmosphärendruck, Schwerkraft, Magnetfelder, sie machten chemische Analysen und suchten nach ungewöhnlichen Erscheinungen. Derer gab es genug: elektrische Stürme, magnetische Gewitter, seltsame Lichtblitze, die die ganze Atmosphäre erfüllten, und vieles mehr. Die überraschendste

Entdeckung aber war ein felsiges Gebilde, das sich kriechend fortbewegte wie ein Tausendfüßler.

Fanny Finstermeier, verantwortlich für extraterrestrische Beziehungen, schilderte das Wesen als "Mischung aus einem Tatzelwurm, einem Ziegenfisch und einer Empuse". Darunter konnte sich niemand etwas vorstellen, und so befahl der Käptn, das Gebilde — was immer es auch sei — mit gebotenem Respekt einzufangen und ihm vorzuführen.

Das geschah, und bald zeigte sich, dass es sich um ein Lebewesen von erstaunlicher Intelligenz handelte. Unter der Leitung von Kommunikationsingenieur Helmar Schacht wurde sofort mit Sprachübungen begonnen. Sie führten bald dazu, dass man sich leidlich gut mit ihm über Lebensnotwendigkeiten unterhalten konnte.

Irgendwer nannte diese Lebewesen "Klumbumper". Vermutlich wegen des Geräusches, das beim Aufsetzen des Rückenfortsatzes entstand. Der Name war anschaulich genug, wenn auch nicht sehr wissenschaftlich, um fortan als offizielle Bezeichnung dieser Lebewesen bestehen zu bleiben.

Nicht lange nach der erstaunlichen Entdeckung der Klumbumper musste man feststellen, dass die kleine Welt Kallisto offenbar von mindestens einer weiteren Lebensart bewohnt war. Nikos Dionysos, Fotograf der Expedition, sah sie als erster. Er beschrieb sie als "riesensperrig, mit drei verstilten Glotzaugen, einem zweifach logarithmisch gewundenen Schnabel, fünf dreisträhnigen Tentakelsaugern und vier fünffach verdrillten Blasenstapfern".

Solcherart auf das Schlimmste vorbereitet, war die Mannschaft dann erstaunt, als ein derartiges Riesenwesen würdevoll die Bordkanzel betrat und bedächtig seine diversen Anhänge entfaltete. Die erste Äußerung des fremden Wesens war etwas, was von den Anwesenden als "Wirglnix" identifiziert wurde, und so wurden die Wesen dann auch getauft. Auch hier schritt, dank rascher Auffassungsgabe auf beiden Seiten, die wechselseitige Spracherkenntnis rüstig voran.

Ein Glas Himbeersaft

Bald hatte der gegenseitige Wortschatz ein Ausmaß erreicht, mit dem man die Gespräche einer durchschnittlichen Cocktailparty ohne weiteres bestreiten konnte. Der Käptn gab zu Ehren der fremden Lebensarten einen Empfang. Ausgewählte Vertreter aller drei Rassen standen mit Cocktailgläsern herum und unterhielten sich blendend, besonders über das Wetter, eine nie versiegende Quelle der Unterhaltung auf Kallisto. Man versicherte sich gegenseitig besonderer Intelligenz, Kulturhöhe und Emanzipiertheit.

Der Käptn erhob schließlich sein Glas mit Himbeersaft und brachte einen Toast auf die Völkerverständigung dar. Sie hätte auch in der Europäischen Gemeinschaft nach nur zweihundert Jahren seit ihrer Gründung zur vollsten Zufriedenheit der meisten ihrer Mitglieder funktioniert, und er hoffe, dass dieser Geist auch im außereuropäischen Raum (wozu Kallisto zweifellos zähle) wirksam werde.

Der neben ihm befindliche Klumbumper gratulierte ihm zu der Rede und bewunderte seinen Himbeersaft. So ein schönes Rot hätte er schon lange nicht gesehen. Der Wirglnix auf der anderen Seite meinte, auch ihn hätte die Rede sehr erfreut. Insbesondere hätte ihm das schöne Violett im Glas gefallen.

Leicht verwirrt fragte der Käptn die in der Nähe stehende Telepathin vom Dienst, Angela Pendelmacher, welche Farbe eigentlich der Himbeersaft hätte. "Purpur", meinte sie überzeugt.

Ein konfuses Gefühl, dass hier etwas nicht stimme, ließ den Käptn sein Taschentuch auf den Tisch ausbreiten. Er befragte der Reihe nach Joseph Mendelson, seines Zeichens Koch, und die beiden außerirdischen Gäste.

Der Koch teilte ihm mit, das Taschentuch sei grün, während die beiden Außerirdischen steif und fest behaupteten, das Tuch sei schwarz.

Der Käptn nahm nun ein Stück von seiner schwarzen Uniform und hielt sie in die Runde. "Schwarz", sagten die Erdenmenschen. "Klamp", sagten die Klumbumper. "Wuxel" , sagten die Wirglnix.

"Hier stimmt was nicht!" sagte der Käptn, und es zeigte sich, dass er wieder einmal recht hatte.

Sorgfältige Untersuchungen ergaben folgendes:

Unser Farbenspektrum sieht bekanntlich so aus:

Infrarot Rot Gelb Grün Blau Violett Ultraviolett

Während die Klumbumper bis weit ins Infrarot hinein Farben unterscheiden konnten, hörte ihr Farbsinn bei Gelb auf. Wir Menschen hingegen sehen Infrarot als Schwarz. Alles, was jenseits von Gelb lag — Grün, Blau, Violett — war für die Klumbumper schwarz. Nur Purpur, eine Mischung aus Rot und Violett, sahen sie rot.

Bei den Wirglnix war es umgekehrt. Bis zum Grün war für sie alles schwarz (also Rot, Gelb, Grün). Ab da sahen sie Blau und Violett so wie wir, und sie konnten auch noch Farben um Ultraviolett unterscheiden. Purpur war für sie natürlich violett, denn Rot sahen sie ja nicht.

Noch etwas fiel auf: Die schwarzen Weltraumanzüge waren für die Klumbumper infrarot (sie nannten es "klamp"), für Wirglnix ultraviolett (sie nannten es "wuxel"). "Das ist viel zu kompliziert", sagte der Käptn, denn er verlor schnell den Überblick, gab dies aber nicht gerne zu.

"Mendelson", wandte er sich an den Koch, "Sie färben unseren Algenbrei immer so schön ein. Also verstehen Sie was von Farben. Hiermit ernenne ich Sie zum ersten Kolorologen dieser Expedition. Machen Sie mir eine Liste der Entsprechungen und hängen Sie diese ans Schwarze Brett. Dann wissen wir wenigstens, wovon die Rede ist."

Mendelsons Liste sah so aus:

Physikalische Grundlage	So sieht es ein **Mensch**	So sieht es ein **Klumbumper**	So sieht es ein **Wirglnix**
infrarot (IR)	schwarz	klamp	schwarz
rot	rot	rot	schwarz
gelb	gelb	gelb	schwarz
grün	grün	schwarz	schwarz
blau	blau	schwarz	blau
violett	violett	schwarz	violett
rot + violett	purpur	rot	violett
ultraviolett (UV)	schwarz	schwarz	wuxel
IR + UV	schwarz	klamp	wuxel

... und so sahen die Raumanzüge aus:

Angela Pendelmacher
Telepathin

Joseph Mendelson
Koch

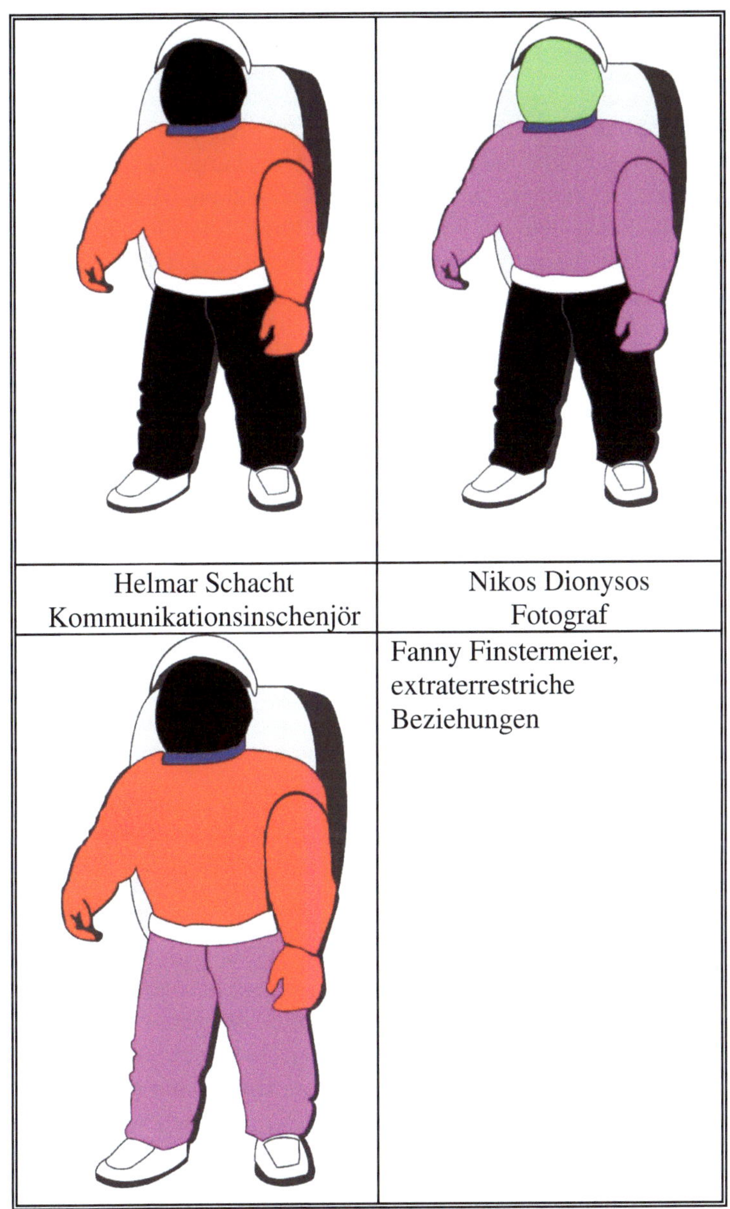

<table>
<tr><td colspan="2" align="center">Helmar Schacht
Kommunikationsinschenjör</td></tr>
<tr><td align="center">Nikos Dionysos
Fotograf</td><td>Fanny Finstermeier,
extraterrestriche
Beziehungen</td></tr>
</table>

Das Auge Jupiters

Am zehnten Tag ihres Aufenthalts auf Kallisto machte Angela Pendelmacher eine ungewöhnliche Entdeckung. "Es war in einer Felshöhle", berichtete sie. "Auf einer Art Säule in Mannshöhe lag ein Kristall. Zuerst übersah ich ihn, aber plötzlich leuchtete er blutig-rot auf. Das war gerade in dem Augenblick, als der 'Große Rote Fleck' Jupiters am deutlichsten zu sehen war."

Der Käptn befragte die Bewohner Kallistos, was es mit diesem Kristall auf sich hätte. "Das ist das Auge Jupiters", wurde ihm mitgeteilt. Viel mehr bekam er nicht heraus, denn offenbar handelte es sich bei dem Kristall um das größte Heiligtum beider Lebensformen.

Irgendwie unterstand der Kristall dem Einfluss des "Großen Roten Flecks". Das Aufleuchten geschah vermutlich unter dem Einfluss starker Magnetfelder. Die Bewohner Kallistos interpretierten das anders. Für sie gab der "Große Gott Jupiter" ein Zeichen, dass sein Auge noch immer wachsam seine Satelliten beobachtete und alles Übel dieser Welt unbarmherzig registrierte.

Der Käptn gab den Befehl, die Religion der Außerirdischen zu ehren und das Heiligtum nicht anzutasten.

Der Diebstahl

Kurz vor der geplanten Abreise der "Telemacque" kam es zu einem folgenschweren Zwischenfall. Zwei aufgebrachte Botschafter der beiden Lebensformen auf Kallisto wünschten sofort den Käptn zu sprechen. Das "Auge Jupiters", so sagten sie, sei gestohlen worden, und zwar von einem der Erdenmenschen. Wenn es nicht vor dem nächsten Durchgang des "Roten Flecks" wieder an seinem Platz stünde, ginge das gesamte bekannte Universum zugrunde und niemand entginge dem Zorn des seines Auges beraubten Gottes.

Eine Durchsuchung des Raumschiffs, das wusste der Käptn, würde Tage in Anspruch nehmen, und selbst dann wäre der Erfolg zweifelhaft. Also musste schnell gehandelt werden.

Glücklicherweise war der Täter von zwei extraterristrischen Augenzeugen beobachtet worden, wie er die Höhle des Heiligtums betreten und sie nach kurzer Zeit wieder verlassen hatte. Da die einzelnen Besatzungsmitglieder auch in ihren Raumanzügen auf Grund der unterschiedlichen Farbkombinationen sehr gut voneinander unterscheidbar waren, konnte es nicht allzu schwierig sein, den Täter zu identifizieren.

So dachte der Käptn. Aber er vergaß dabei den seltsamen Farbensinn der fremden Lebewesen.

Zur Zeit des Diebstahls waren außer dem Käptn alle fünf Besatzungsmitglieder auf Einzelerkundung draußen gewesen. Keiner hatte ein Alibi, denn alle hatten getrennt voneinander ihre wissenschaftlichen Untersuchungen vorgenommen. Ihre Raumanzüge hatten jeweils verschiedene Farbstellungen (siehe Abbildungen).

"Jeder anders als der andere!" brummte der Käptn zufrieden. "Und jetzt schickt mir die beiden Zeugen."

Der Klumbumper berichtete, er hätte einen schwarzen Kopf gesehen und der Oberkörper sei rot gewesen. An die Farbe der Beine könne er sich beim besten Willen nicht mehr erinnern.

Der Wirglnix stellte überzeugt fest, der Kopf sei schwarz gewesen und die Beine wuxel. Den Mittelteil hätte er bedauerlicherweise nicht zu Gesicht bekommen, weil ein überhängender Felsen diesen verdeckt hätte.

Der Käptn machte ein langes Gesicht. Wie sollte man mit so spärlichen Informationen den Täter eindeutig überführen? Jetzt müsste er sein Kombinationstalent einsetzen. Aber das war schon immer nicht sonderlich ausgeprägt gewesen.

Doch wozu gab es Spezialisten an Bord? Also fütterte er die Daten in den Bordcomputer und stellte ihm die Frage: "Wer war der Täter?" Nach fünf Sekunden spuckte der Computer die Antwort aus. "Sicher?"

fragte der Käptn zurück. "Absolut sicher", kam die Antwort der Denkmaschine.

Frage an den Leser: Wer hatte das "Auge Jupiters" gestohlen?

Panik im Zoo

Irgendjemand hatte ein Attentat im Galaktischen Zoo verübt und dabei eine Panik ausgelöst. Welches der fremden Lebewesen war es gewesen?

Der Zoo-Direktor ließ es sich nicht nehmen, den hohen Gast von der Erde persönlich zu begrüßen. "Mein lieber Professor Schramek!" rief er und eilte dem Besucher entgegen. "Wie sehr freue ich mich, einen so bedeutenden Gelehrten in meinen bescheidenen Hallen begrüßen zu dürfen." "Die Freude ist ganz meinerseits" sagte der Mann von der Erde, "und von 'bescheiden' kann wirklich nicht die Rede sein." "Das stimmt" meinte der Zoodirektor stolz. "Der Zoo auf Horos VII hier im Zentrum der Galaxis ist die größte Ansammlung unterschiedlicher Lebewesen in der gesamten belebten Milchstraße. Soll Ich Ihnen einen Überblick geben?" "Aber gern." "Gut, dann fahren wir mit dem Außenlift zur Turmspitze. Das dauert zwar länger, aber dafür ist die Aussicht umso schöner."

Sie bestiegen die gläserne Kuppel des Fahrstuhls, der an der Außenwand des gewaltigen Zooturms langsam nach oben kletterte. Während der Gast von der Erde die strahlende Landschaft unter ihnen im Licht der blau-roten Doppelsonne bewunderte, erklärte der Zoodirektor die Verhältnisse auf dem Planeten. "Es handelt sich um einen Sauerstoff-Planeten, wie Sie ja schon festgestellt haben. Der Sauerstoffgehalt beträgt 10%, also etwa die Hälfte wie bei Ihnen auf der Erde. 80% unserer Atmosphäre bestehen aus Stickstoff, der Rest sind reaktionsträge Gase. Der Druck beträgt, nach Ihren Maßen, 1,8 Atmosphären. Die Schwerkraft ist hier zweieinhalbmal so groß wie bei Ihnen zu Hause, und die Temperaturen schwanken zwischen 10 Grad nachts und 78 Grad tagsüber. Wir müssten jetzt so ca. 30 Grad haben.

Übrigens gibt es im Zoo Lebensformen, von denen sich jemand, der sie noch nie gesehen hat, überhaupt kein Bild machen kann. Er würde sie nicht einmal als Lebewesen einstufen. Manche Zoobewohner brauchen die Gluthölle und den Druck im Innern eines Vulkans. Andere fühlen sich nur wohl bei einigen Graden über dem absoluten Nullpunkt. Einige benötigen am Tag soviel Licht, wie wir im Jahr verbrauchen, während wieder andere vom Strahl einer Taschenlampe bereits tödlich getroffen werden. Ja, wir haben sogar -"

In diesem Augenblick geschah es. Mit einem Ruck blieb der Lift stehen und sackte dann nach unten. Ein Rumpeln und Dröhnen erschütterte den Turm und aus einer Seitentür lohte eine rote

Stichflamme, der grüner Qualm und schwarzer Rauch folgten. Die Notstromaggregate hatten den Lift rechtzeitig vor dem Fall in die Tiefe bewahrt, doch den beiden Fahrgästen bot sich ein unheimlicher Anblick: Im Zoo brach Panik aus.

Eine Reihe von Zoobewohnern hatte sich befreien können. Sie rannten, hüpften oder glitten quer übers Gelände. Die Zoobesucher flohen in alle Richtungen und suchten Schutz vor dem Qualm und den entkommenen Lebewesen. Ein entsprungener Zittergleiter versprühte vor Aufregung elektrische Blitze, und eine Horde Wespenfeger wirbelte auf ihrer Flucht soviel Staub auf, dass eine Art Sandsturm entstand. Irgendwo ertönten Sirenen, und eine Reihe fluoreszenzfarbener Fahrzeuge erschien. Bewaffnete und gepanzerte Männer sprangen heraus und versuchten, Ordnung in das Chaos zu bringen. Schließlich gelang es den Sicherheitskräften und dem Zoopersonal, den Brand zu bekämpfen, die entflohenen Zoobewohner einzufangen und die Gefangenen des Außenlifts zu befreien.

+++

Sie trafen sich am nächsten Tag im Büro des Zoodirektors. "Wie sieht es aus?" fragte der Gast von der Erde. "Schlimm" war die Antwort. "Der Feuerschaden geht in die Millionen. Die Leute haben jetzt Angst, den Zoo zu besuchen. Und von den Zoobewohnern sind mindestens siebzehn Lebewesen zugrunde gegangen." "Was war die Ursache des Ganzen?" "Nach allem, was wir bis jetzt wissen: Es war ein Attentat." "Aber wie und wieso und von wem?" "Das wissen wir nicht. Soviel steht fest: Von den Angestellten und von den Besuchern war es keiner. Das konnte die Polizei einwandfrei ermitteln. Also bleibt nur noch einer der Zoo-Insassen." "Aber warum?" "Mein lieber Freund, wir kennen von den wenigsten die genauen körperlichen Funktionen. Was in den Seelen dieser fremden Wesen vorgeht, können wir in den meisten Fällen nicht einmal erahnen. Vielleicht ist jemand dabei, dem die 'Gefangenschaft' nicht gefällt und der sich auf diese Weise rächen wollte?" "Sind sie denn intelligent genug zur Durchführung eines solchen Vorhabens?" "Auch das wissen wir nicht, aber es liegt durchaus im Bereich der Wahrscheinlichkeit." "Meinen Sie, die Polizei wird herausfinden, wer es war?" "Ich glaube, das ist kein Fall für die Polizei. Das ist ein Fall für Zoologen." "Also" sagte der Besucher von der Erde, "spielen wir Sherlock Holmes." "Gut" sagte der Zoodirektor, "fangen Sie an."

"Wie wurde das Attentat verübt?" begann der Gast von der Erde.

"Der Attentäter gelangte durch eine Lagerhalle in einen Vorraum zur zentralen Versorgungsstelle. Er musste dazu eine Tür mit relativ einfachem Verschlussmechanismus öffnen. Im Vorraum und in der Lagerhalle herrschen übrigens die gleichen atmosphärischen Verhältnisse wie überall sonst auf dem Planeten. Vom Vorraum gelangte er durch eine zweite Tür mit etwas komplizierterem Schloss in den zentralen Versorgungsraum. Dort riss er einige Kabel aus den Halterungen und zerstörte einen der fünf Hauptdynamos. Anschließend machte er sich schnell aus dem Staub und verschwand in der Menge."

"Kann man den Kreis der Verdächtigen irgendwie einschränken?"

"Ja, das kann man. Wir haben festgestellt, dass bei sieben Lebewesen die Wohnbehälter vorsätzlich zerstört waren. Offenbar war dies ein Ablenkmanöver des Attentäters. Wir haben übrigens alle Lebewesen wieder eingefangen."

"Und welche dieser Lebensformen wäre rein körperlich imstande gewesen, das Attentat durchzuführen?" "Das, verehrter Herr Professor, können Sie selbst entscheiden, nachdem Ich Ihnen die Lebewesen gezeigt habe. Aber die Antwort wird Ihnen nicht gefallen ..."

Die beiden Männer begannen ihren Rundgang durch die Hallen des Zoos. "Hier" sagte der Direktor, "ist unser erster Verdächtiger, eine **Panzerschnecke**. Ein recht treffender Name, wie Sie sehen."

Professor Schramek sah einen dicken, etwa ein Meter langen Wurm mit schuppigem Panzer und erstaunlich gut ausgebildeten Gliedmaßen. Er bewegte sich mit unendlicher Langsamkeit flach auf dem Boden entlang. "Seine Lebensbedingungen: Er ist ein Sauerstoffatmer und begnügt sich mit 1% Sauerstoff. Er hält es aber auch in unserer Atmosphäre bis zu drei Stunden aus. Andere Gase wie Ammoniak, Methan oder Fluor sind Gift für ihn. Bei Druck und Temperatur ist er nicht pingelig, aber er ist furchtbar schwer. Wenn er sich auf irgendeines unserer anderen Lebewesen legen würde, ich glaube, er würde sie alle erdrücken. Seine Greiforgane sind, wie Sie selbst sehen, sehr gut ausgebildet."

"Also hätte er prinzipiell das Attentat verüben können?"

"Ja, bis auf eine Kleinigkeit: die Zeit. Das Attentat muss sich innerhalb von zwanzig Minuten abgespielt haben. In dieser Zeit schafft unser Schneckerich etwa einen halben Meter ...

"Also dann zu Nr. 2."

"Nr. 2" sagte der Zoodirektor vor einem großen Freilandgebäude, in dem ein stelziger Vogel seltsam gewundene Flugbewegungen machte, "Nr. 2 Ist ein **Springschrauber,** so benannt wegen seiner schraubenförmigen Flüge. Er braucht normalerweise 25% Sauerstoff. In unserer Atmosphäre hält er es etwa eine halbe Stunde aus, dann bricht er zusammen." "Aber er hätte es bis zum Versorgungsraum geschafft?" "Nein. Ich habe Ihnen noch nicht alles gesagt. Er funktioniert nur zwischen 50 Grad und 120 Grad. Unterhalb 50 Grad erstarrt er. Und zur Tatzeit hatten wir ja nur 30 Grad."

"Wieder einer weniger. Gehen wir zu Nr. 3." Diesmal standen sie vor einem Glasgefäß, das von grün-violetten Lichterscheinungen durchzuckt war. Innerhalb der vielfarbigen Blitze trieben quallenartige gläserne Tiere in einer blasigen Atmosphäre. "Das sind **Fluoroplasten.** Sie atmen Fluor. Sauerstoff, auch in kleinsten Mengen eingeatmet, ist tödlich für sie, ihren gut ausgebildeten Greifern macht der Sauerstoff komischerweise nichts. Wenn ihre Zentralorgane von einer Fluorhülle eingeschlossen sind, können sie also auch in unserer Atmosphäre irgendwelche Manipulationen vornehmen, z.B. Türen öffnen oder Dynamos zerstören."

"Aber dazu bräuchten sie so eine Art Schutzanzug, und den hatten sie wohl kaum."

"Nein. Hier ist übrigens Nr. 4" sagte der Zoodirektor, während er auf ein Meter große Kugeln mit einer hornigen Außenhaut deutete. "Sie heißen im Volksmund **Hohlblaser.** Auf der Außenseite vertragen sie praktisch jede Atmosphäre, aber gegen Druck und insbesondere gegen Belastung durch Gewichte sind sie empfindlich. Außerdem besitzen sie eine Schleuse, durch die sie kleine Lebewesen (bis zu 20 cm Durchmesser) hereinlassen können. Im Inneren produzieren sie eine Atmosphäre aus Methan. Offenbar bilden sie mit uns unbekannten Wesen auf Ihrem Heimatplaneten eine Symbiose."

"Wie bewegen sie sich fort?"

"Indem sie durch die Gegend rollen, und zwar ziemlich schnell. Sie könnten ohne weiteres in die Versorgungskammer gelangt sein. Nur - sie haben keinerlei Greiforgane, hätten also auf keinen Fall die Türen öffnen können."

"Also wieder nichts. Bin ja neugierig, wer übrig bleibt."

"Hoffentlich sind Sie nicht enttäuscht. Hier sehen Sie Nr. 5, die **Ammoniter**. Sie ähneln ein bisschen Ihren Tintenfischen. Den Namen haben sie von der Tatsache, dass sie Ammoniak atmen. Auch in einer Methanatmosphäre können sie bis zu drei Stunden existieren, aber in Sauerstoff gehen sie nach zehn Minuten ein. Sie haben, wie Sie sehen, gut entwickelte Greifer (sogenannte Tentakel), und sie können sich zu einem langen Schlauch ausziehen und damit durch fast jede Öffnung schlüpfen."

"Wegen der atmosphärischen Bedingungen kommen sie also auch nicht in Frage. Wie sieht's mit Nr. 6 aus?" "Nr. 6 sind ganz seltsame Lebensformen. Eigentlich könnte man sie als 'ideal' bezeichnen, denn sie können in praktisch jeder Umgebung existieren. Sie brauchen zwar einige Zeit, um sich anzupassen, aber dann ist ihnen jede Atmosphäre, jeder Druck, jede Temperatur recht. Sie sind nur insofern etwas zart besaitet, als sie keine Lasten tragen können. Ihr Name ist übrigens **Metaboler.**

"Und wo liegt der Haken?" "Sie haben keinerlei Greiforgane ..."

"Nr. 7" sagte der Zoodirektor vor einer seltsam wirr verschlungenen Pflanze, "gehört zur Gruppe der **Orthotropen**. Es handelt sich um eine Pflanzenform, die Sauerstoff in beliebiger Konzentration verarbeitet. Sie kann sich nicht fortbewegen und hat keine Greiforgane. Wir haben an dieser Pflanze übrigens etwas recht Seltsames beobachtet. Ab und zu, bei Temperaturen über 50 Grad, legt sie ihre Blätter zusammen und bildet ein luftdichtes Geflecht. Im Inneren produziert sie eine Atmosphäre aus Fluor. In diesem Stadium kann sie, wenn man ihr von außen oder von innen einen Schubs gibt, auch mit ziemlicher Geschwindigkeit durch die Gegend rollen und sogar die Richtung beibehalten. Vermutlich liegt auch hier ein Fall von Symbiose vor, aber wir wissen nicht, mit wem. Und was sagt Sherlock Holmes jetzt?"

"Gar nichts. Nachdem keines der sieben Lebewesen das Attentat verübt haben kann ... aber Moment mal, da gibt es bei uns auf Erden ein uraltes Märchen, ich glaube, es hieß die Stadtmusikanten aus Hameln, oder Hamburg, oder so ..."

Plötzlich wurde Professor Schramek ganz aufgeregt. "Natürlich, das war es! Symbiose. Nicht *eine* Lebensform hat das Attentat begangen, sondern es waren zwei, die sich ergänzten. Der eine hatte das, was der andere brauchte, der andere konnte das, was dem einen fehlte!"

"Ja sagte der Zoodirektor, "aber welche?"

Frage an den Leser: Welche beiden Lebensformen hatten das Attentat gemeinsam verübt? Und wie hatten sie sich ergänzt?

Seuchenjagd auf Sargon
VII

Die Operation erforderte ein sofortiges Eingreifen, von drei erfahrenen Operatören. Doch es gab nur zwei sterile Handschuhpaare - und jede Berührung mit Infizierten konnte tödlich sein. Aber wer war infiziert? Und wie konnten die drei Ärzte mit nur zwei Paar Handschuhen erfolgreich operieren?

Dr. Amalia Bertovic, vertraulich auch "Berta" genannt, stürmte aus dem Operationssaal, die Maske vorm Gesicht, blutige Handschuhe über den Fingern. Sie rannte fast den Praktikanten um, einen Einheimischen namens "Mul", und rief ihm zu: "Zieh mir die Handschuhe ab." Der aber verstand "aus" statt "ab", griff nach den Fingerspitzen und wollte so die Dinger wegziehen, was natürlich misslang. "Aus!" rief Berta, nicht "ab!". Da kam Facharzt Adam Abeller (Spitzname: Abel) gerade ums Eck. Er wusste, was zu tun ist, schob den armen Praktikanten beiseite, fasste je einen Handschuh mit beiden Händen am unteren (Handwurzel-)-Ende, stülpte so die Handschuhe von den Händen und warf sie in den Konkorb (Abfallkorb für kontaminiertes Material). Erstaunt rief er aus: "Du hast ja zwei Paar an!" "Ja" sagte Berta, "war nötig wegen Sterilität."

Operationshandschuhe im Hospital Haraschne auf dem Planeten Sargon Sieben waren farblich gekennzeichnet, sodass jeder sofort wusste, welche Handschuhe frei waren. Zudem wurde die knallige Farbe auf der Außenseite innen in etwas dezenterer Form wiederholt (siehe Bild).

Während Berta die Maske vom Gesicht nahm und Abel einen Becher karamelischen Kaffees holte, während die beiden also sich gerade unterhalten wollten, ertönte die Sirene mit der Melodie "Brüder zur Sonne, zur Freiheit". Was bedeutete: ein Notfall wurde eingeliefert, sofortige Aktion war erforderlich. Der dritte Fachkollege Napoleon

Kallinichta, wegen seiner gelegentlich etwas autoritären Art auch "Cäsar" genannt, kam gerade ums Eck und hörte mit den anderen dreien, was geschehen war: Dorothea Darlin, ("Dora") war auf einer Expedition von einem Meteorstein mittlerer Größe getroffen worden. Der Raumanzug war heil geblieben, doch sie hatte lebensbedrohliche Verletzungen an Brustkorb und Kopf davongetragen und musste sofort operiert werden.

Die Analyse des Medcoms (des Medizinischen Computers) ergab, dass drei Spezialoperationen durchgeführt werden mussten, deren wissenschaftliche Bezeichnungen dem Leser erspart bleiben sollen. Glücklicherweise waren die drei Ärzte darauf spezialisiert. Allerdings mussten alle drei ran, und zwar in der Reihenfolge Abel, Berta, Cäsar. Masken gab es genug, fehlten noch die Handschuhe.

Denn auf Sargon VII war eine Seuche ausgebrochen, die vom allwissenden Computer "Covid 27" benannt wurde. Offenbar hatten sich Vorformen der Seuche schon öfter ausgebreitet. Die Version auf diesem Planeten war aber insofern gefährlich, als sie (a) durch den kleinsten Körperkontakt übertragen wurde, (b) Symptome der Krankheit erst nach Tagen auftreten konnten (oder gar nicht), und (c) die langfristigen Folgen der Seuche unbekannt waren.

Kein Problem für die Chirurgen. Abel nahm drei steril verpackte Handschuhe aus dem Wandschrank, Berta verteilte sie - und Cäsar bemerkte die Misere: Ein Handschuhpaar war offenbar entweder schon benutzt oder nicht richtig verpackt worden. Jedenfalls war die Verpackung offen, das Paar damit unbrauchbar (im Bild das grüne).

"Wie sollen wir mit zwei Paar Handschuhen - und wir brauchen zum Operieren immer beide Hände - die Operation durchführen, wo wir doch nicht wissen, ob Dora angesteckt ist." "Oder wir." sagte Berta. "Können wir nicht die Handschuhe zwischen den Operationen sterilisieren?" meinte Cäsar. "Nein" sagte Abel. "Erstens würde es zu lange dauern, und zweitens ist die Methode nicht hundertprozentig sicher. Es bleibt uns nichts anderes übrig: Einer von uns muss eine Ansteckung riskieren." In das betretene Schweigen platzte Bertas Stimme. "Ihr Idioten! Könnt ihr nicht zwei mal zwei ausrechnen?" Und fügte leise, aber gut hörbar, hinzu: "Männer und Logik!"

"Was meinst du damit?" fragte Abel irritiert. Und Berta erklärte: "Wir haben vier Personen und zwei mal zwei Handschuhflächen, zwei innen, zwei außen. Gibt also vier. Wir brauchen nur jeder Person eine Fläche zuordnen." "Aber jede Fläche," meinte Cäsar, "egal ob innen oder außen, kann nach jeder Operation kontaminiert sein, entweder durch die Patientin oder durch einen von uns."

"Nicht, wenn wir richtig vorgehen" meinte Abel, der einmal einen Kurs über algebraische Topologie besucht hatte. "Dann denkt mal schön" sagte Berta, die offenbar die Lösung schon im Kopf hatte. "Wir Frauen jedenfalls werden zusammenhalten. Deswegen kriegt Dora die Außenseite der blauen Handschuhe, und ich die Innenseite. Und wehe, einer von euch infiziert eine dieser Flächen!"

Wie sind die Operatöre vorgegangen? Die Reihenfolge war klar: erst Abel, dann Berta, dann Cäsar. Jede der vier Personen (Ärzte + Patientin) konnte die Seuche durch Kontakt übertragen. Dennoch gab es eine Möglichkeit, wie alle in dem Zustand blieben, in dem sie waren. Aber wie? Hinweis: Lesen Sie nochmals die Episode am Anfang der Geschichte!

Der Robotermord

Ein Mensch, ein Roboter und ein Toter. Aber wer ist wer,
und wer entwirrt das Rätsel?

MEISTER Wittgenfels (früher hieß das "Master"), Professor für vergleichende Sprachforschung und logische Grundlagen der

Epistemologie, musterte seinen Besucher mit leichtem Erstaunen. Der hatte sich als GESELLE (früher "Bachelor" = Junggeselle") Jonas Sintermeier vorgestellt; er wolle bzw. müsse ihn in einer dringenden Angelegenheit konsultieren. Es geht um einen Mord und um einen Mörder, den man kenne, aber nicht überführen könne. Er, Meister W., solle dafür sorgen, dass diese Überführung eindeutig stattfinde.

"Ich fürchte" sagte Wittgenfels, "da sind Sie bei mir am falschen Ort. Sie suchen einen Kriminalisten, keinen Logiker." "Doch, doch. Hören Sie mir wenigstens zu, worum es geht." "Bitte sehr."

"Also: Vor kurzem fand man die Leiche eines Herrn G. (der Name tut nichts zur Sache), ein ehemaliger Spion einer ausländischen feindlichen Macht, der bei uns Asyl gefunden hatte. Offenbar hatte ihn der Geheimdienst seines Landes erwischt. In der Nähe wurden zwei Männer aufgegriffen, bei denen aus kriminaltechnischer Sicht ziemlich eindeutig feststeht, dass sie den Mann umgebracht haben."

"Wo ist dann das Problem?"

"Beide behaupten, Roboter zu sein."

"Oha! Das geht nicht! Robotergesetz Nr. 1 erlaubt das nie."

"Eben. Also muss einer der beiden - der Mörder - ein Mensch sein. Und Sie sollen herausfinden, welcher von den beiden das ist."

"Aber das ist doch kein Problem. Man wird ja wohl noch feststellen können, wer ein Mensch und ein Nicht-Mensch ist."

"Gewiss, das ist technisch ganz einfach, juristisch aber nicht. Sie wissen vielleicht: Vor einigen Jahrzehnten wurden die Menschenrechte erheblich erweitert, zuerst auf gewisse Menschenaffen, dann auch auf Roboter. Eines dieser Rechte ist das auf körperliche Unversehrtheit. Will man wissen, wer ein Mensch und wer ein Roboter ist, muss man irgendeine invasive Untersuchungsmethode anwenden, denn rein äußerlich sind sie weder vom Aussehen noch vom Verhalten unterscheidbar. In diesem Fall nun weigern sich beide, sich untersuchen zu lassen." Und Geselle Sintermeier fuhr fort: "Schlimmer noch: Die Sache eilt. Die beiden dürfen nur 24 Stunden in Untersuchungshaft gehalten werden. Und diese Frist geht in einer Stunde zu Ende."

"Aber ich verstehe immer noch nicht, was ich da tun soll."

"Die Sache ist die. Wir haben herausgefunden, dass die beiden sich abgesprochen haben. Wenn es um die eigene Identität geht, wird der Roboter immer die Wahrheit sagen, er kann nicht anders. Der Mensch dagegen wird immer lügen, er darf nicht anders. Sie dürfen nur eine einzige Frage an jeden der beiden stellen (so wurde es mit dem Richter vereinbart), welche die beiden nur mit JA oder NEIN beantworten müssen. Mit dieser Frage bzw. den Antworten der beiden sollen wir eindeutig herausfinden können, wer wer ist."

"Daraus wird nichts. Denn wenn ich den einen was frage, und der antwortet irgendwie, hört das der andere, und der antwortet genauso."

"Daran haben wir auch schon gedacht. Wir haben erwirkt, dass die beiden Personen getrennt befragt werden. Umgekehrt haben die beiden bewirkt, dass ihnen nur eine einzige Frage gestellt wird, und zwar die gleiche für beide. Sie haben sich - so vermuten wir - dahingehend abgesprochen, dass der Roboter immer die Wahrheit sagt (muss er ja), und der Mensch immer lügt (kann er ja)."

"Hmmm, ich sehe das Problem. Da muss ich ein bisschen probieren. Spielen Sie mal den Roboter. Ich frage Sie nun: Sind Sie ein Roboter? Was sagen Sie?"

"Natürlich JA. Ich sag die Wahrheit."

"Jetzt simulieren Sie den Menschen. Wie antworten Sie?"

"Auch JA. Ich lüge ja immer."

"So kommen wir nicht weiter. Ah, jetzt hab ich's: Ich muss den anderen mit einbeziehen. Wir simulieren wieder. Sie sind der Roboter. Ich frage Sie: Ist Ihr Nachbar ein Roboter? Was antworten Sie?"

"NEIN, wahrheitsgemäß."

"Gut, jetzt frage ich Sie als Mensch: Ist Ihr Nachbar ein Roboter? Was antworten Sie?"

"NEIN, weil ich lüge."

"So kommen wir auch nicht weiter. Neue Frage an den Roboter: Ist Ihr Nachbar ein Mensch? Was antworten Sie?"

"JA"

Und wenn Sie ein Mensch wären, was würden Sie dann antworten?"

"Auch JA, ich lüge ja."

"Verdammt. Hmmm. Und wenn ich Sie fragen würde ..."

In diesem Augenblick schlug das Ohrtelefon des Juristen an. Nach kurzem Dialog sagte er: "Wir müssen los, die Zeit geht zu Ende. Auf der Fahrt können Sie sich ja die richtige Frage überlegen."

Frage an den Leser: Welche Frage wird von den beiden Inhaftierten unterschiedlich beantwortet, sodass deren Identität unter den gegebenen Voraussetzungen (der eine sagt immer die Wahrheit, der andere lügt immer, wenn es um die eigene Identität oder diejenige des Nachbarn geht) mit einer JA/NEIN-Antwort eindeutig festgestellt werden kann? Hinweis: das letzte Wort des Linguisten sollte in der Frage vorkommen ......

Das Geburtstagsgeschenk

Was konnte er seiner großen Schwester zum Geburtstag schenken?
Eine SF-Geschichte! Wenn nur alles darin stimmen würde ...

Harald war zehn, und wie alle Zehnjährigen wusste er, dass er alles wusste. Jedenfalls mehr als Geschwister, Eltern, Freunde, Nobelpreisträger und Bundeskanzler zusammen. In manchen Momenten größenwahnsinniger Überheblichkeit glaubte er sogar mehr zu wissen als Harald Lesch, aber das war natürlich unmöglich.

Haralds innere Seelenruhe wäre ungestört geblieben, wäre da nicht seine Schwester Esther gewesen. Mit ihren 13 Jahren war sie ihm in allem überlegen. Sie wusste mehr als er, und wenn sie sich einmal irrte, machte sie daraus eine derart groteske Geschichte mit einer völlig verqueren Logik, dass nachher niemand mehr glaubte, sie hätte irgendwann mal Unrecht gehabt.

So blieb dem kleinen Bruder nichts anderes übrig, als sich mit ihr gut zu stellen. Und da ihr Geburtstag nahte, hatte er die Idee, für sie eine Geschichte zu schreiben. Am besten sowas wie "Von der Erde zum Mond" von diesem mittelalterlichen Schriftsteller Jules Verne. Er hatte den Roman sogar gelesen - natürlich nicht das Buch, wer liest denn sowas. Das Comic reichte völlig. Die Sprache war angemessen, die Länge auch, die Illustrationen das eigentlich Spannende. Und so verfasste er nach einiger Mühe folgende Mini-Erzählung:

Edith, Kapitänin der Enterprise, stieg die Stufen der Rampe zum Kontrollraum empor, sah sich kurz um, winkte den Männern unten und betrat dann ihre Kabine. Sie schnallte sich an, wartete auf die Freigabe der Kontrollstation, und zog dann den Hebel zum Start herunter.

Mit einem gewaltigen Stoß hob sich die Rakete vom Boden, durchstieß die Atmosfäre und landete im schwarzen Weltraum, wo die Erde ein blauer Ball war, die Sterne in der Nacht funkelten und sie sich erst an die Schwerelosigkeit gewöhnen musste. Doch bevor sich Esther an den glitzernden Sternen orientieren konnte, geschah das Unglück: Die Beleuchtung fiel aus. Ein Alarmsignal verkündete zusätzlich den Kurzschluss. Im Raumschiff war es pechdunkel. Doch Esther hatte vorgesorgt: Im Schrank neben der Liege lagen eine Kerze und

Streichhölzer. So zündete sie eine Kerze an und machte sich auf den Weg zur Kommandostation.

Als sie die Sache wieder in Ordnung gebracht hatte, kam das nächste Problem. Die Bodenstation übermittelte eine wahre Hiobsbotschaft: Ein Attentäter hatte im Raumschiff eine Bombe platziert, die er mittels Fernzündung in spätestens einer Stunde zünden wollte. Esther fand glücklicherweise sofort das Bomben-Aufspür-Gerät. Sie kroch durch die Gänge, bis sie endlich das schreckliche Zeug entdeckte, eine dicke Aktentasche, gut versteckt im Laderaum hinter einem Sack Spaghetti. Aber was jetzt? Sie konnte die Bombe nicht entschärfen, aber wie sie loswerden?

Sie legte sie in die Luftschleuse und öffnete die äußere Tür nur ganz kurz. Die Bombe schoss hinaus, aber in dem Augenblick explodierte sie. Nicht nur der Blitz war schlimm; trotz der Isolierung des Raumschiffs war ein dumpfer Knall zu hören. Aber wenigstens hielt die Hülle.

Schließlich landete Esther ohne weitere Zwischenfälle auf dem Mond. Beinahe wäre das Raumschiff im Mondstaub versunken, aber im letzten Augenblick konnte sie es auf eine feste Unterlage dirigieren. Als sie die Schleuse öffnete und auf den Boden sah, packte sie er Übermut. Die Luftschleuse lag ungefähr 10 Meter über der Mondoberfläche. Da die Mondschwerkraft nur ein Sechstel der Erdschwerkraft betrug, konnte sie den Sprung in die Tiefe wagen. So betrat, besser: besprang sie problemlos den Mondboden.

Am Horizont war die Erde zu sehen, die gerade aufging. Esther wartete, bis sie ganz sichtbar war, und begann dann ihre Erkundung der Mondoberfläche. Doch beinahe hätte es sie erwischt: Ein Meteor raste über den Himmel, als Leuchtspur gut sichtbar. Glücklicherweise schlug er weit entfernt ein.

Und so ging es weiter. Als Esther die Geschichte las, sagte sie nur: "Nett von dir, aber in der Geschichte sind mindestens zehn technische oder physikalische Fehler." Welche?

Wissenschaft oder Aberglaube?

*Die Erde war so wüst und leer wie in der Bibel beschrieben.
Diesmal allerdings, nachdem der Mensch sie zugrunde gerichtet
hatte und selber von der Weltbühne abgetreten war.*

Die beiden Wissenschaftler von Altair IV - nennen wir sie Bletter und Ypps - fanden nur noch radioaktive Seen (Reste explodierter Kernkraftwerke), ausgetrocknete Kontinentalbecken und ein paar aus dem Sandboden herausragende Stahlbetonskelette. Doch es gelang ihnen, noch erhaltene Aufzeichnungen auf einem dünnen, biegsamen Material [1] zu finden und die darauf abgebildeten Symbole zu entziffern. So machten sie sich ein Bild von den wissenschaftlichen Erkenntnissen der ehemaligen Erdbewohner - und waren entsetzt über deren abergläubige Vorstellungen. Oder hatten sie da was falsch mitgekriegt?

Hier also Ausschnitte ihrer Überlegungen zu fünf Wissenschafts-Fragmenten (Die nummerierten Anmerkungen zeigen die Rückübersetzungen der altaischen Wissenschaftler-Erkenntnisse in eine heute verständliche Sprache):

(W1)

"Wie heißt die Wissenschaft?"

"Zerteilung einer Flüssigkeit."[2]

"Aber eine Flüssigkeit kann man nicht zerteilen."

"Es ist eine spezielle Flüssigkeit. Sie nannten sie SEELE, und die sollte jedes Individuum ausfüllen."

"Also Blut?"

"Nein, leichter.

"Wasser?"

"Noch leichter. Mehr wie ein Gas."

"Und das soll man zerteilen können?"

"Nicht nur das. Es gab sogar drei Schichten: eine ganz drunten, eine in der Mitte, eine drüber. Und manchmal mischten sich die Schichten, und das war schlecht."

"Aber Flüssigkeiten und Gase mischen sich doch von selbst!"

"Nicht diese, äh, Seele. Die kann man sogar -"

"Hör auf mit dem Unsinn. Nächste Wissenschaft!"

(W2)

"Wie heißt diese Wissenschaft?"

"Beobachtung nadelförmiger Lichtpunkte außerhalb des Planeten." [3]

"Und was haben sie da beobachtet?"

"Sie nennen es 'dunklen Eingang zu einem Tunnel' oder 'Eingang zu einem dunklen Tunnel'." [4]

"Und was haben sie herausgefunden?"

"Das sind punktförmige Gebilde im Weltall, unmessbar klein, aber unendlich schwer."

"Wie soll das gehen?"

"Es geht noch weiter: Diese Dinger haben keine Ausdehnung, sind also echte Punkte, und trotzdem sind sie voll Materie, weil sie alles in ihrer Umgebung verschluckt haben."

"Spinnst du?"

"Wart's ab, es wird noch lustiger. Es gibt eine unsichtbare Sphäre rund um jeden solchen Tunneleingang. [5] Kommt irgendwas in die Nähe, wird es dort unendlich heiß."

"Wodurch?"

"Einfach so. Und ist es dann drin, wirkt die Fliehkraft umgekehrt. Wenn also ein Stein spiralförmig weiter fällt, dann fällt er wieder hinaus. Was man aber nicht beobachten kann."

"Du veräppelst mich. Das sind doch Märchen!"

"Nein, so steht es hier, die haben das alles nachgewiesen. Und außerdem haben diese Eingänge keine Haare - "

"Bitte! Nächste Wissenschaft!"

(W3)

"Wie heißt diese Wissenschaft?"

"Sie hat irgendwas mit **auswickeln** zu tun." [6]

"Also die Wissenschaft, wie man Bonbons auswickelt?"

"Nein, es ist allgemeiner. Die beschäftigten sich mit der Veränderung von Lebensformen. Und dabei haben sie sich einen kuriosen Mechanismus ausgedacht: Ein mythologisches Wesen namens NATUR beherrscht und bestimmt solche Entwicklungen."

"Also eine Gottheit?"

"Nein, nicht göttlich."

"Sondern?"

"Kann ich nicht sagen."

"Woher weißt du es dann?"

"Weil da solche Sätze stehen wie: Die NATUR hat es so eingerichtet. Die NATUR geht ökonomisch vor. Die NATUR ist aber auch verschwenderisch. Die NATUR lässt nur bestimmte Populationen überleben. Die NATUR baut auf dem auf, was vorhanden ist, unbekümmert darum, ob das Ganze sinnvoll ist oder nicht. Die NATUR macht aber immer Sinnvolles."

"Klingt nach dem, wie sich unser Kanzler verhält. Jedenfalls gehört das wohl zur Religion, nicht zur Wissenschaft. Also weiter."

(W4)

"Wie heißt diese Wissenschaft?"

"Die Kunst der **Metall-Gießerei**." [7]

"Und was gibt es da Märchenhaftes zu berichten?"

"Da hat einer eine komplexe organische Substanz gefunden und "Timolin" oder so genannt. Das Besondere: Die Kristalle dieses Stoffs lösen sich in Wasser auf, *bevor* sie die Wasseroberfläche berühren."

"Und wie soll das gehen?"

"Die Bestandteile sind so dicht gepackt, dass der Raum nicht reicht und sie deshalb in die Zeit ausweichen müssen." [8]

"Das heißt, sie kriegen Informationen aus der Zukunft?"

"Sieht so aus."

"Kannst du mal mit dem Märchenerzählen aufhören?"

(W5)

"Wie heißt die nächste Wissenschaft?"

"Theorie der Sprünge." [9]

"Also hat es mit Sport zu tun?"

"Nein, ich weiß auch nicht genau, was das soll. Jedenfalls wird da ein Experiment beschrieben, das sieht so aus: Ein ganz kleines Teilchen, eigentlich nur ein Punkt, wird auf eine Platte geschickt, wo es zwei Löcher gibt. [10] Je nachdem, ob beide offen stehen oder nur eines, verhält sich das Teilchen völlig anders. Erst schaut das Teilchen nach, ob ein oder zwei Löcher vorhanden sind. Sind zwei offen, verwandelt sich das Miniteilchen in eine Welle, interferiert mit sich selbst, verwandelt sich anschließend wieder in ein Teilchen und schwärzt die Fotoplatte. Bei nur einem offenen Spalt entfällt diese Verwandlung."

"Das heißt, das Miniteilchen ist intelligent, mit exzellenten Sinnesorganen ausgestattet, unheimlich schnell, verwandlungsfähiger als eine Amöbe, und trotzdem nur ein Punkt?"

"Naja ... Da gibt es noch was anderes."

"Noch erstaunlicher?"

"In der Tat. Wenn man nämlich einen zweiten Schirm ... einen sehr schnellen Schalter ... [11] Jedenfalls kriegt das Teilchen dann Informationen aus der Zukunft."

"Wie das Thimolin?"

"Ja."

"Ich hab genug von deinen Märchen. Lass uns nach Hause fliegen!"

Anmerkungen:

----

[1] Papier
[2] Psychoanalyse. Psyche = Seele, ein "Fluidum", also eine Flüssigkeit. Analyse = Zerteilung
[3] Astronomie
[4] Schwarze Löcher
[5] Ereignishorizont
[6] Evolution = Entwicklungslehre. Ent-wickeln = auswickeln.
[7] Chemie. So lautet die wörtliche Übersetzung
[8] Zeitkristalle
[9] Quantenphysik
[10] Doppelspalt
[11] "Delayed Choice"-Experiment

Welches der obigen Wissenschafts-Fragmente entspricht dem derzeitigen Wissensstand, ist also (mehr oder weniger) anerkannt? Welche Wissenschaft ist "fake", also erfunden?

Der vorhersehbare Unfall

*Als der Redner von der Tribüne fiel, fragten sich die Zuschauer:
Unfall oder Mord? Doch die Frage war nicht leicht zu beantworten,
denn eine Reihe höchst ungewöhnlicher Talente saß in der ersten
Reihe und hätte auf unvorhersehbare Weise eingreifen können.*

Das Drama

Es sollte eine große Einweihung des bis jetzt modernsten
Wolkenkratzers der Metropole werden. Der Bauherr, Herr T., ein
bekannter Immobilienbesitzer, der eine Zeitlang sogar in der Politik
tätig gewesen war (sehr zu seinem Unglück und dem manch anderer),
wollte den Auftritt so inszenieren, wie er es aus den Frühtagen seiner
Karriere gewohnt war: als Bühnenspektakel.

So schritt er gewichtig die über einen Abgrund ragende Traverse
entlang, erhaben wie ein echter Staatsmann, der er nicht mehr war;
zum Himmel blickend, wie es ihm gebührte; das Volk segnend, wie
dieses es erwartete. Dann sah er (die Traverse war doch ein wenig
schmal) auf den Boden, zögerte kurz, schien zu stolpern, ging einen
Schritt weiter - und stürzte hinab.

Die Personen der Handlung

"So trifft man sich wieder" sagte Meister Lukas Wittgenfels, Professor
für vergleichende Sprachforschung und logische Grundlagen der
Epistemologie, und Geselle Jonas Sintermeier, Jurist und Berater der
Kriminalstelle für außergewöhnliche Verbrechen. Sintermeier
entgegnete "einander. Aber abgesehen davon - es wird wieder
schwierig."

"Erzählen Sie."

"Wir wissen nicht, ob es sich um einen Unfall oder um Mord handelt,
doch hegen einflussreiche Kreise den Verdacht, letzteres wäre
möglich, um nicht so sagen: wahrscheinlich."

"Warum?"

"Er hatte Feinde ..."

"Aber wie sollte ihn jemand umgebracht haben? Keiner war in seiner Nähe, und am Anfang der Planke standen seine Sicherheitsmänner. Niemand, auch ein Unsichtbarer nicht, hätte zu ihm durchdringen können."

"Haben Sie eine Ahnung, was für Leute in der ersten Reihe saßen ... aber ich will es Ihnen erklären. Es handelt sich um außergewöhnliche Talente. Drei davon sind SEHER und können Ungewöhnliches wahrnehmen. Die anderen drei sind MACHER und können Ungewöhnliches bewirken. Aber alle sechs haben ihre Einschränkungen. Fangen wir an mit

Nr. 1: ein ROBOTER."

"Das hatten wir doch schon mal."

"Ja, aber diesmal stellten wir sicher, dass dieser Roboter keinerlei Beziehung zu irgendeinem der anderen hatte. Er versteckte sich auch nicht hinter juristischen Mauern, sondern war so kooperationsbereit, wie man es von einem Roboter erwartet."

"Und sein besonderes Talent?"

"Das wissen Sie ja: Abgesehen von seiner unfehlbaren Beobachtungsgabe sagt er immer die Wahrheit."

"Schön, glauben wir das mal. Also weiter."

"Nr. 2 ist eine RIECHERIN."

"Was kann die Besonderes riechen?"

"Gefühle. Es ist wie Synästhesie, nur dass sie die inneren Gefühle anderer erfassen und in eine Geruchsqualität umsetzen kann. Die Einschränkung: Sie weiß nicht, woher der 'Geruch' kommt, sie kann also nicht in stereo riechen. Und sie kann das auch nur bei Menschen in ihrer unmittelbaren Nähe."

"Gut, weiter."

"Nr. 3 ist ein DEUTER. Er kann für ungefähr zehn Sekunden in die Zukunft blicken."

Tabelle der besonderen Talente:

Name	Typ	Talent	Randbedingungen
Schieber (♂)	M	kann telekinetisch Gegenstände bewegen	nur, wenn sie nicht zu schwer sind
Flitzer (♂)	M	kann die Außenzeit zum Stillstand bringen, also sich selbst unendlich schnell bewegen	nur für 10 Sekunden Außenzeit
Flusser (♀)	M	kann Gedanken lesen und beeinflussen	nur bei normalen Menschen (weder Talente noch Roboter)
Deuter (♂)	S	kann 10 Sekunden in die Zukunft sehen	nur, wenn er selbst nicht involviert ist
Riecher(♀)	S	kann starke Gefühle 'riechen'	weiß nicht, woher
Robot	S	sagt immer die Wahrheit	... sofern er keinem Menschen damit schadet

Typ: S = Seher, M = Macher

"Kann er die auch ändern?"

"Im Prinzip ja, soweit es in zehn Sekunden möglich ist. Dann allerdings erinnert er sich an zwei Vergangenheiten, und er weiß nicht mehr, welches die echte ist."

"Sonst noch Einschränkungen?"

"Ja. Wenn er selbst in dieser voraussehbaren Zukunft irgendwie involviert sein sollte, versagt seine Gabe.

Jetzt zu den Machern:

Nr. 4 ist ein SCHIEBER. Er kann durch Telekinese Gegenstände verschieben, vorausgesetzt, sie sind nicht zu schwer. Eigentlich geht es nur mit Objekten in Bewegung, denn seine Gaben reichen nicht aus, die Trägheit eines Körpers aus dem Stand zu überwinden."

"Und die Entfernung?"

"Würde ausreichen, den Immobilienmenschen in seinem Gang zu beeinflussen.

Nr. 5 ist ein FLITZER. Er kann die Außenzeit, von ihm aus betrachtet, zum Stillstand bringen. Was bedeutet, dass er selbst sich unendlich schnell bewegen kann."

"Wie macht er das?"

"Irgendwie dreht er seinen Metabolismus auf Hochtouren. Dann kann er, praktisch unsichtbar für die anderen, überall hinflitzen."

"Und die Einschränkung?"

"Länger als zehn Sekunden hält er das nicht durch, und er braucht für die Zurücklegung einer Strecke auch in seiner Eigenzeit soviel Zeit wie in Echtzeit."

"Aha. Und der letzte?"

"Wieder eine Frau der Gattung FLUSSER. Sie kann Gedanken beeinflussen und so auch - in gewissem Rahmen - die Handlungen von Personen steuern."

"Wie weit?"

"Für einen Mord hätte es gereicht."

"Einschränkungen?"

"Sie kann das nur bei 'normalen' Menschen, also nicht bei den sechs Personen, die auf der Bank saßen, inklusive ihrer selbst."

"Und was haben diese Personen zu Protokoll gegeben?"

"Das erzähle ich Ihnen jetzt."

Die Handlungen der Personen 1

Der **Roboter** gab zu Protokoll:

Ich beobachtete Herrn T., wie er die Traverse beschritt. Vorher traten die beiden Wachen beiseite, dann traten sie wieder direkt auf den Eingang der Traverse. Herr T. ging langsam die Traverse entlang, sah erst nach oben, dann nach unten. Nach ungefähr einer halben Minute hielt er kurz an, dann ging er weiter, aber es sah so aus, als ob er stolpere. Dann ging er noch einen Schritt, wonach er von der Traverse fiel.

Haben Sie sonst noch etwas bemerkt?

Ja (die Antwort kam nach einer kleinen Pause). Eine Wolke tauchte kurz am Horizont auf, bevor er stürzte.

Die **Riecherin** gab zu Protokoll:

Ich sah, wie der Typ da oben auf die Planke trat. Vorher machten die beiden Wachen Platz, dann rückten sie wieder zusammen. Der Typ schritt langsam die Planke entlang, sah erst nach oben, dann nach unten. Nach einiger Zeit hielt er kurz an, dann ging er weiter. Er stolperte ein wenig und fiel kurze Zeit danach von der Planke.

Haben Sie sonst noch etwas bemerkt?

Ja. Kurz bevor er stürzte, roch ich etwas ganz Unangenehmes, wie Essigessenz und Salzsäure.

Hätte das der Schrecken der anderen sein können?

Nein, denn erstens roch ich das, bevor etwas passiert ist, und zweitens kann ich zwischen Schrecken und böser Absicht sehr gut unterscheiden.

Woher kam der Geruch?

Das kann ich nicht sagen, aber es war in unmittelbarer Nähe, höchstwahrscheinlich einer von den anderen.

Zwischenüberlegungen

"Was halten Sie von der 'Wolke' des Roboters? Der Himmel war doch völlig wolkenlos."

"Da habe ich eine Vermutung. Der Mensch besteht zum Großteil aus Elektrizität, es gibt eine Art elektromagnetische Aura um den Körper. Roboter haben empfindliche Schaltkreise; es könnte sein, dass die von der Riecherin erwähnten 'schwarzen' Gefühle als eine Art Störung auch den Roboter erreichten. Weil er diese Empfindungen nicht kannte, interpretierte er sie als Wolke."

"Dann bestärken die beiden Aussagen einander."

"Sieht so aus. Aber machen wir weiter."

Die Handlungen der Personen 2

Der **Deuter** gab zu Protokoll:

Ich war ziemlich angespannt und habe alles genau beobachtet. Natürlich hab ich gesehen was geschehen wird: Das Opfer tritt daneben und verliert das Gleichgewicht. Aber ich konnte es nicht verhindern, und ich habe es nicht verhindert, was mir ziemlich weh tut.

Woher wissen Sie, dass Sie nichts getan haben?

Weil ich zwei Erinnerungen habe, eine an die Zukunft, eine an die Vergangenheit. Beide stimmen überein.

Der **Flitzer** gab zu Protokoll:

Ich beobachtete, wie der Redner die Rampe beschritt. Die Wachen machten ihm Platz. Der Redner ging recht langsam und sah nicht immer auf den Weg. Irgendwann machte er eine kurze Pause, dann ging er weiter, aber ziemlich stolperig. Nach einem kleinen Schritt stürzte er von der Rampe.

Haben Sie versucht, seinen Sturz aufzuhalten?

Ich habe daran gedacht, aber es wäre sinnlos gewesen, loszulaufen. Selbst wenn ich rechtzeitig dort gewesen wäre, hätte ich ihn nicht auffangen können. Ich bin ja kein Übermensch.

Die **Flusserin** gab zu Protokoll:

Der Immobilienmensch beschritt den Steg, nachdem die beiden Wachen beiseite getreten waren. Danach nahmen sie wieder ihre Ursprungsposition ein. Der Immobilienmensch beschritt den Steg, sah erst nach oben, dann nach unten. Nach kurzer Zeit hielt er an, ging dann weiter und stolperte ein bisschen. Dann fiel er vom Steg.

Haben Sie versucht, seinen Sturz aufzuhalten?

Nachdem er einmal das Gleichgewicht verloren hatte, konnte ich nichts mehr tun.

Der **Schieber** gab zu Protokoll:

Ich sah, wie der Mann auf den Weg ging und ihm die Wachen vorübergehend Platz machten. Der Mann ging ziemlich langsam und blickte dabei nach oben und nach unten. Nach ungefähr 20 Sekunden stoppte er, ging weiter, machte einen Stolperschritt und fiel dann herunter.

Haben Sie versucht, seinen Sturz aufzuhalten?

Hab ich tatsächlich, aber es war unmöglich: Er war zu schwer.

Weitere Überlegungen

"Haben Sie schon eine Theorie?"

"Ich bin überzeugt, es waren zwei, die entweder zusammen arbeiteten oder zumindest voneinander wussten. Zum Beispiel könnte die Flusserin die Wachen beiseitegeschoben haben, sodass der Flitzer auf die Rampe rannte und Herrn T. in die Tiefe stieß."

"Sehr unwahrscheinlich. Dann hätte nämlich - Moment, ich krieg einen Anruf." Nach einer Weile:

"Sehr interessant. Man hat inzwischen herausbekommen, dass auch Herr T. ein Spezial-Talent besaß: Er war ein Flusser."

"Jetzt ist mir alles klar. Einer hat ihn umgebracht, ein anderer gelogen und ihn wahrscheinlich unterstützt. Und ich weiß jetzt, wer wer war"

Wer war der Täter, wer hat gelogen? Woran ist das zu erkennen?

Die Außerirdischen sind unter uns!

Wer war noch Mensch, wer schon ein außerirdisches Monster? Der Käptn versuchte das zu ergründen. Aber war er nicht selbst schon verwandelt, ohne es zu wissen?

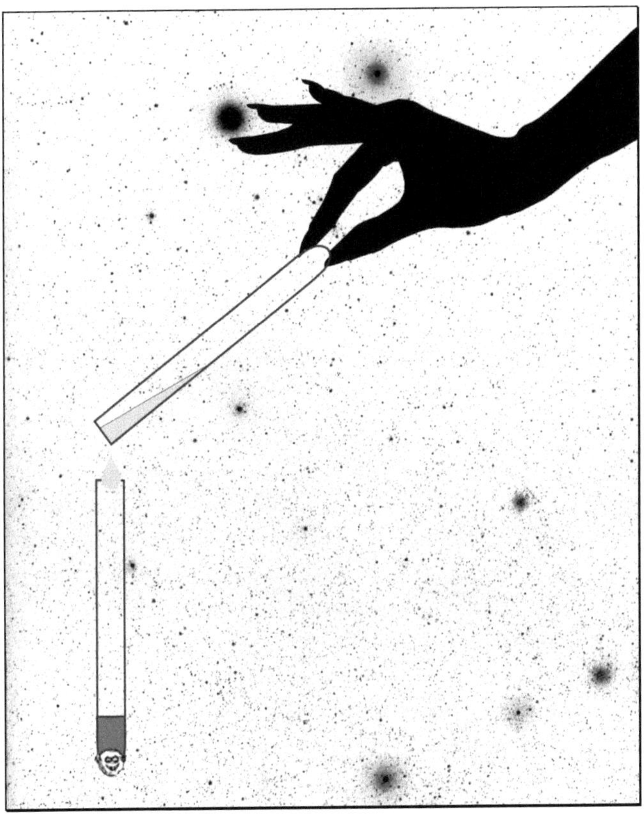

Vorbemerkung

Zu den wirklich großen der Science-Fiction-Literatur gehört der Schriftsteller und Herausgeber *John W. Campbell* (1910-1971). Als langjähriger "Editor" des Magazins Astounding (später "Analog") hob er die Science-Fiction aus der Schmuddelecke monströser Weltraumabenteuer und förderte dabei Schriftsteller, die später auch außerhalb der SF berühmt wurden, z.B. Isaac Asimov und Robert A. Heinlein. Vor seiner Herausgebertätigkeit verfasste er auch Kurzgeschichten und Romane.

Seine Erzählung "**Who goes there?**" erschien in der August-Ausgabe 1938 des Magazins *Astounding Science-Fiction* (deutscher Titel: **Das Ding aus einer anderen Welt**) unter dem Pseudonym Don A. Stuart, abgeleitet vom Mädchennamen seiner Frau (Dona Stuart). Zweimal wurde die Erzählung bisher verfilmt. Die Kurzgeschichte wurde 1970 von den "Science Fiction Writers Of America" zur besten SF-Kurzgeschichte aller Zeiten gekürt. 2014 erhielt sie den "Retro Hugo Award", eine Art nachträglicher Science-Fiction-Oscar. 2017 entdeckte Campbells Biograf Alec Nevala-Lee in der Houghton Library der Harvard-Universität eine Langversion dieser Erzählung, die er unter dem Originaltitel "Frozen Hell" 2019 veröffentlichte. Im gleichen Jahr erschien auch eine Kurzgeschichtensammlung, die ausschließlich Campbells "Ding" als Thema hatte.

Inhalt der Erzählung: In der Antarktis entdeckt eine Expedition ein uraltes, fremdes, offenbar ebenso intelligentes wie anpassungsfähiges und bösartiges Lebewesen, im Eis bewahrt, beim Auftauen zum Leben erweckt. Die Kreatur übernimmt allmählich die Besatzung, doch keiner weiß, wer nun noch Mensch oder schon "Alien" ist. Ein ähnliches Thema finden wir in dem Roman "The Body Snatchers" von *Jack Finney* (1955), der dreimal verfilmt wurde; sowie in dem Roman "The Possessors" von *John Christopher* (1964). Dagegen hat *Hal Clement* das Thema des Außerirdischen, der unseren Körper von innen her unter Kontrolle bringt, in seinem Roman "Needle" (1949) auf seine sanftmütige Art positiv in eine Detektivgeschichte der besonderen Art verpackt.

Campbell verwendete einen damals schon gut bekannten Bluttest, mit dem die Mannschaft versucht, den Unterschied zwischen Menschen und Monstern zu erkennen. Aber die Protagonisten der Expedition müssen bald erkennen: Für diesen Test gibt es zu wenig Information. Also hat sich dieser Autor einen anderen Test ausgedacht und die düstere Geschichte damit gerade noch zu einem glücklichen Ende gebracht.

Die Sache mit dem Bluttest ist eine reine Angelegenheit der Logik, allerdings kompliziert durch Einschränkungen (der Information) und Erweiterungen (der Lebensformen). Um daraus eine Denksportaufgabe zu machen, habe ich die logischen Grundlagen des Tests ausgearbeitet und die noch nötigen Informationen zur Verfügung gestellt. Da Logik noch nie meine Stärke war, habe ich meine Gattin (Biologie, Chemie, Sudokus) gebeten, mir alles zu erklären, und mit unendlicher Geduld hat sie Klarheit in mein verschwommenes Denken gebracht. Alle logischen Fehler gehen natürlich auf meine Kosten.

Ich habe nicht versucht, die bedrohliche, klaustrophobe, beinahe fatalistische Atmosfäre der Original-Erzählung in irgendeiner Weise nachzuahmen. Darum ging es auch nicht. Es ging um Logik, Ausschluss und Folgerungen. Und ein paar boshafte Seitenhiebe gegen manche Populationen konnte ich mir auch nicht verkneifen. Anspielungen auf lebende oder leider schon verstorbene Persönlichkeiten sind beabsichtigt und werden durch Artikel 5, Absatz 3 des deutschen Grundgesetzes ("Kunstfreiheit") gedeckt.

Noch ein Wort zu den Berufen der Besatzungsmitglieder: Berufsbezeichnungen und -notwendigkeiten für eine Raumschiff-Besatzung haben sich seit dem 20. Jahrhundert ein wenig geändert. Die Idee zu einem Schiffs-Clown stammt von *Eric Frank Russel* ("Ein Tropfen Öl"), die Idee zu einer Poesie-Beauftragten von mir. Ansprüche und geistig-seelische Bedürfnisse ändern sich eben im Lauf der Zeit; gewisse Eigenschaften mancher Nationen dagegen nicht. Aber die sollte niemand zu ernst nehmen. In diesem Sinn: Viel Spaß beim Lesen und viel Erfolg beim Lösen!

Die Besatzung und ihre Berufe:

Name	Nation	Funktion
John	USA	Richtungsweiser (= Steuermann, Kapitän)
Dona	USA	Transmutationsexpertin (= Chemikerin)
Pierre	Frankreich	Code-Schreiber (= Programmierer)
Anna	Deutschland	Gesprächs-Koordinatorin (= Linguistin)
Olga	Russland	Emotions-Interpretin (= Poesie-Beauftragte)
Fritjof	Norwegen	Strom-Koordinator (= Energiefachmann)
Boris	England	Spannungslöser (= Schiffs-Clown)
Akira (†)	Japan	Exobiologe (= Alien-Erforscher)
Sniff	*Husky*	*Schnüffler (= netter Hund)*
Rosie	*Maus*	*unverdorbenes Wesen*
Ding	*Alien*	*Welteroberer*

Der Mann mit den gelben Haaren

"Meine Herren" rief Kapitän John, eine eindrucksvolle Erscheinung mit seiner Größe von zwei Meter null drei (morgens; abends maß er nur noch ein Meter siebenundneunzig). Seine gelb gefärbten Stoppelhaare erschienen den einen wie eine Aura, den anderen wie ein missglückter Versuch, jugendlich zu wirken.

Bevor er weiterreden konnte, unterbrach ihn Anna. "Und was ist mit uns Frauen?"

"Er schmeichelt uns Frauen" sagte Olga und zwinkerte Dona zu, "er deklariert uns zu Männern ehrenhalber."

"Können wir fortfahren?" meinte Pierre, angewidert ob solcher Einwände, während Dona, Johns Ehefrau, beunruhigt in die Gegend sah, den Mangel an Respekt ihrem Gatten gegenüber ebenso vorwurfsvoll wie schweigend beklagend.

Boris, seiner Rolle als Schiffsclown immer eingedenk, mimte den buckligen Glöckner von Notre Dame, während der Wikinger-Hüne Fritjof sich Donas beredetem Schweigen anschloss, obwohl es bei ihm etwas anderes bedeutete, nämlich Verachtung allem und jedem gegenüber. Oder Gleichgültigkeit, denn ihn, den Nachkommen berühmter Polarforscher, konnte nichts mehr erschüttern.

"Freunde, Mitreisende und Astronauten jeglichen Geschlechts" setzte John erneut an und sah über die Menge hinweg (*Das kommt davon, wenn jetzt auch schon Frauen und Clowns zur Schiffsbesatzung gehören*), "wir haben ein Problem ..."

"Wann nicht" murmelte jemand unter den Zuhörern. *Permanent* sagte Pierre zu sich, meinte aber die schreckliche Sprache des Käptns. *Das einzige Problem ist deine Frisur* dachte Olga. "Er spricht zu undeutlich, das ist sein Problem" murmelte Dona unhörbar.

John fuhr fort: "... und zwar mit unserem Exobiologen Akira. Das letzte, womit er sich beschäftigte, war die außerirdische Kreatur, die wir von Fomalhaut V mitgenommen haben. Und er hat ein paar beunruhigende Aufzeichnungen hinterlassen."

"Hat das *Ding* vielleicht auch einen Namen?" fragte Anna.

"Ja, er hat es *Ding* genannt."

"Sehr originell". Auch Fritjof sagte manchmal etwas.

"Können wir es Putzi nennen?" fragte Olga.

"Nein! Hört lieber zu. Im Zusammenhang mit - äh - Ding gibt es drei Nachrichten: eine schlechte, eine sehr schlechte und eine überaus schlechte."

"Endlich kommt Leben in die Bude." murmelte Boris.

"Ich dachte immer, Amerikaner wären stets optimistisch." sagte Anna zu Olga. "Vielleicht hat er heute früh das falsche Shampoo genommen." flüsterte Olga zurück.

"Erst die schlechte Nachricht" fuhr John fort. "Akira ist gestern unerwartet gestorben. Die Todesursache kennen wir noch nicht. Die sehr schlechte Nachricht: Sein Tod hat mit Ding zu tun. Und die überaus schlechte Nachricht: Ebendieses Ding ist verschwunden."

Der Tote mit den grünen Augen

Es stellte sich heraus, dass Akira das Ding aus seinem feuchten Versteck - eigentlich war es ein amphibischer Aquarienbewohner - herausgelassen hatte, um es genauer zu untersuchen. Doch das Ding war behände, glitschig und offenbar intelligent. Es hatte ihn eine Weile angestarrt (womit? Augen gab es keine), war dann auf ihn gesprungen und entwischt.

Akira merkte an sich eine langsame, aber stetige Veränderung von Körper und Geist. Statt nun unverzüglich die Besatzung, zumindest den Käptn, zu benachrichtigen, machte er Selbstbeobachtungen und -versuche. Dabei stellte er fest (wie sich aus seinen Tagebucheintragungen ergab): Der Körper wurde allmählich innerlich umstrukturiert, ohne dass äußerlich etwas zu bemerken war. Insbesondere sein But änderte sich - in welcher Weise, war aus den Aufzeichnungen nicht zu entnehmen. Offenbar "übernahm" das Ding in gewisser Weise Körper, Seele und Geist des von ihm "Befallenen" oder Infizierten. Ob dazu eine körperliche Berührung, eine Übertragung durch die Luft oder gar irgendein esoterisches Agens nötig war, konnte nicht festgestellt werden.

"Erinnert mich irgendwie an die *Körperfresser*." murmelte Dona, wobei sie auf einen erfolgreichen SF-Roman und dessen Verfilmung anspielte. "Weiß die transformierte Kreatur eigentlich, dass sie kein Mensch mehr ist?" fragte Anna.

"Vermutlich. Zuletzt äußerte sich Akira hinsichtlich eines körperlichen Merkmals, wobei eine Farbänderung sichtbar wurde. Aber was sich in welche Richtung verfärbt, das hat er nicht mehr aufgezeichnet.

Wir wollen jetzt" fuhr er fort, "Abschied nehmen von unserem tapferen Kameraden, in der Hoffnung, seine Bemühungen waren nicht umsonst gewesen."

In der Mitte des Raums stand ein runder Tisch, darauf ein Behälter aus Glas, darin der tote Japaner. "Wie Schneewittchen" murmelte Fritjof. "Typisch amerikanischer Disney-Kitsch." murmelte Pierre zurück.

"Hatte er nicht braune Augen?" flüsterte Anna ihrer Nachbarin Olga ins Ohr. "Woher willst du denn das wissen? Hast du ihm etwa so tief in die Augen geschaut?" "Nur einmal ..." "Sie sind doch braun." "Nein, sie sind grün." "Das kommt von der Beleuchtung. Außerdem sind sie geschlossen; wie willst du dann die Augenfarbe sehen?" "Die Farbe schimmert durch ... "

"Was macht eigentlich der Hund da?" flüsterte Dona ihrem Mann ins Ohr. "Das war Akiras treuer Begleiter, Sniff." "Ein Husky?" "Ja, ich glaube." "Woher hat er den?" "Von mir; ich hab ihn von der letzten Antarktis-Expedition mitgenommen." "Haben Huskies nicht blaue Augen?" "Hat er doch." "Nein, hat er nicht. Seine Augen sind eindeutig grün." "Unsinn, das macht die Beleuchtung. Da hast du auch grüne Augen." "Ich *hab* auch grüne Augen! Schließlich hast du mich deswegen geheiratet." "Nicht durch deswegen. Deine Fähigkeiten als Gedankenleserin -"

"Seit wann malt sich Boris die Fingernägel grün an?" flüsterte Pierre seinem Nachbarn Fritjof ins Ohr. "Der ist halt ein Clown." antwortete der Norweger gleichmütig. "Ist er ja, das wissen wir alle. Aber bisher waren sie immer pink." "Lila." "Hellviolett." "Magenta."

Die Frau mit der farblosen Iris

"Wir haben uns einen Test ausgedacht" begann Dona vor versammelter Runde, und ihre ansonsten farblosen Augen irisierten begeistert das Farbspektrum hinauf und hinunter. "Akira hat gewisse Veränderungen im Körper angedeutet. Was sich vermutlich am schnellsten ändert, ist die Zusammensetzung des Bluts. Um hier etwas feststellen zu können, gibt es einen uralten Test. Der stammt aus einer Zeit, wo man noch nicht einmal die Blutgruppen kannte, aber wirksam ist er immer noch."

Sie erläuterte in knappen Worten den Serum-Antikörper-Test. Das Blut eines Menschen, *Spender* genannt, wird von festen Bestandteilen gereinigt (Blutkörperchen. Blutplättchen, Gerinnungsfaktoren), übrig bleiben ein paar Eiweißfetzen, und das heißt dann *Serum*. Das wird einem anderen Lebewesen eingespritzt, meist einem Kaninchen oder einem anderen Säugetier. Dieses Lebewesen bildet nun Antikörper gegen das Eiweiß im Serum des Spenders, deswegen nennen wir es *Antikörperproduzenten*. Gießt man nach einiger Zeit Serum des Antikörper-produzierenden Kaninchens in ein Reagenzglas mit dem Serum eines anderen Menschen, den wir jetzt als *Testperson* bezeichnen, dann kommt es zu einer Abwehrreaktion der Antikörper gegen die Antigene im Serum, und das Serum der Testperson verklumpt und flockt aus. So kann man feststellen: Die Testperson gehört zur gleichen Kategorie "Mensch" wie der Serumspender.

Wenn man aber das mit Antikörpern versetzte Serum des Tieres mit dem Serum von einem ganz anderen Lebewesen mischt, sagen wir, von einem Gorilla, dann flockt da viel weniger aus, denn der Gorilla hat andere Antigene (Antikörper-Erkennungs-Proteine) als ein Mensch. So kann man die Verwandtschaft beispielsweise der Primaten untereinander quantitativ, ganz ohne Gene-Zählen, feststellen. Wählte man als Testtier beispielswiese eine Echse, gäbe es gar keinen Niederschlag - keine kompatiblen Antigene, keine Antikörper-Erkennung, keine Reaktion."

"Und was hat das mit uns zu tun?" fragte Olga.

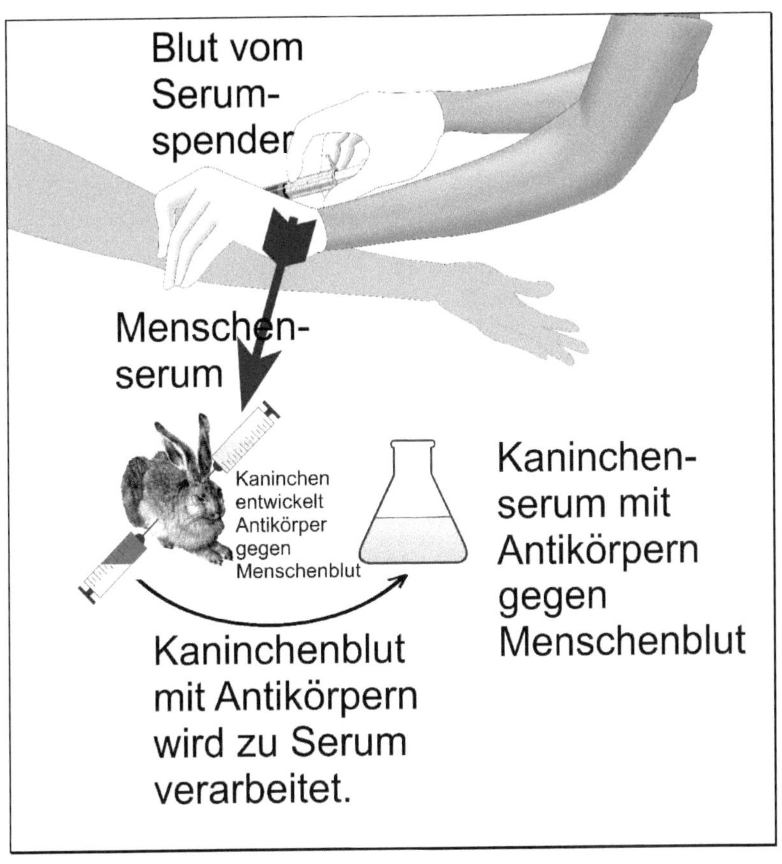

Bild 1: Herstellung von Serum mit Antikörpern

"Das Blut eines *Infizierten* ändert sich laut Akiras These am ehesten. Er wird uns Menschen gänzlich fremd werden, auch wenn man das äußerlich noch gar nicht sieht. Also wählen wir als Serumspender einen Menschen, als Antikörperproduzenten ein Kaninchen, als Testperson alle anderen. Gibt es bei einer Testperson Ausflockungen, ist er oder sie ein Mensch. Gibt es keine, haben wir es mit einem Außerirdischen zu tun."

"Und was machen wir dann mit einem solchen Wesen?" fragte Anna.
"Erschießen." sagte John. "Typisch Amerikaner, kennt sonst nichts." murmelte Pierre.

"Halt" sagte Boris, ausnahmsweise ernst. "Wir haben hier doch zwei Unsicherheitsfaktoren: den Menschen, der das Ursprungs-Serum liefert, und das Kaninchen. Beide könnten ja auch infiziert sein."

Dona starrte ihn bewundernd an. "Genial" sagte sie, "wieso bist du Clown und nicht Biologe?"

"Einer muss euch Trantüten ja bei Laune halten, und wir Engländer -
"

"Ruhe, das steht hier nicht zur Debatte" warf der Käptn ein. "Hört euch lieber an, was Dona zu sagen hat."

Die Rechtecke mit den grauen Flächen

Dona präsentierte zwei Matrizen mit weißen und grauen Feldern. Das Ganze sah so aus:

(A) Serum stammt von einem **Menschen**, grau = Niederschlag, also Verwandtschaft:

Mensch → **Kaninchen↓**	Mensch	Alien
Kaninchen	1	2
Alien	3	4

(B) Serum stammt von einem **Alien**, weiß = kein Niederschlag, also keine Verwandtschaft:

Mensch → **Kaninchen↓**	Mensch	Alien
Kaninchen	5	6
Alien	7	8

"Ich habe alle theoretischen Möglichkeiten in zwei Matrizen zusammengestellt. Ein weißes Rechteck bedeutet: kein Niederschlag, keine Verwandtschaft. Ein graues Rechteck bedeutet: Niederschlag, also Verwandtschaft. Muss ich noch mehr sagen?"

"Bitte Systematik!" verlangte Pierre. Und fügte in Gedanken hinzu: *Möglichst in Französisch, euer Amerikanisch-Kauderwelsch versteh ich ja doch nicht.*

"Na schön. Matrix (A): Das Probe-Serum stammt von einem Menschen, was wir alle hoffen. (1) und (2) heißt: Das Kaninchen ist sauber, d.h., nicht infiziert, also ganz normal. Es entwickelt also Antikörper gegen Menschen (1), aber keine gegen einen Alien (2), denn der ist mit dem Serumspender nicht verwandt. Kapiert?"

"Ist doch alles Logik." sagte Anna. "Und Poesie!" fügte Olga hinzu. Boris klatschte Beifall, und John sagte mit scharfer Stimme: "Bitte bleibt bei der Sache, wir sind hier nicht beim Gedichte vorlesen."

Fall (3) und (4) sind genauso. Auch wenn das Kaninchen schon ein Alien ist, also infiziert, entwickelt es Antiköper gegen einen Menschen (Fall 3) und keine gegen einen Alien (Fall 4).

Bei Matrix (B) ist alles genau umgekehrt."

"Nicht alles" brummte Fritjof. "Fall 8 ist anders."

"Ist doch klar" rief Dona in die etwas stumpfsinnig lauschende Menge. "Alien ist Alien, global und über die Körperschranken hinweg. Der kann dann nicht gegen sich selbst Antikörper entwickeln."

"Und wer wird Serumspender, und wo ist das Kaninchen?" fragte Anna.

"Kaninchen haben wir keines," sagte Dona. "Dafür nehmen wir Sniff. Wer stellt sich freiwillig als Serumspender zur Verfügung? Möglichst ein Mensch, kein Alien!"

"Damit ist Boris ausgeschlossen." sagte Pierre. "Wieso?" fragte Olga. "Weil alle Engländer bekanntlich Aliens sind." "Stimmt nicht" verteidigte sich Boris und mimte wieder den Glöckner von Notre Dame. "Es ist genau umgekehrt: Ihr seid alle Aliens, und wir die einzig wahren Menschen."

"Dafür gehört ihm Blut abgezapft" empörte sich Pierre. "Ruhe!" rief Dona, "wir wollen abstimmen."

Aus Gründen, die nachher niemand so richtig nachvollziehen konnte, wurde tatsächlich Boris zum Serumspender gewählt. Er wehrte sich ein wenig, denn, so behauptete er, wenn man ihm Blut abnähme, würde ihm regelmäßig übel und er fiele in Ohnmacht. Aber das war den Menschen (und Aliens?) in der Raumschiffkapsel im Augenblick egal. Ohnedies kam jeder dran; Boris' Blut war nur dasjenige, welches Sniff eingespritzt wurde.

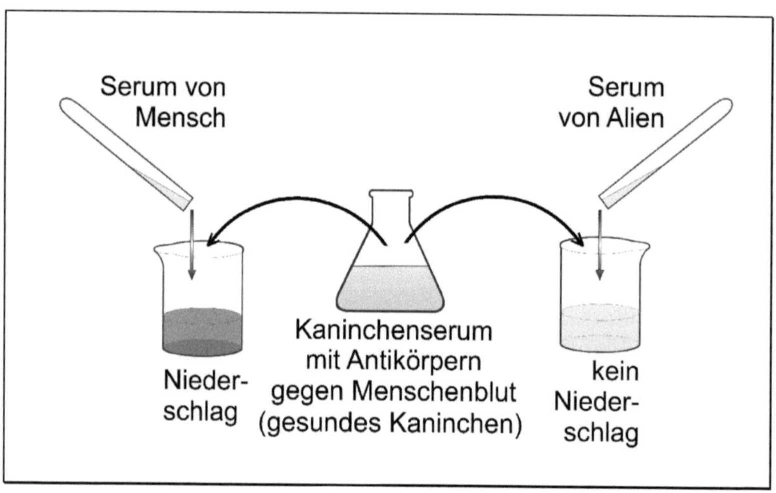

Bild 2: Test auf Mensch/Alien mit normalem Kaninchen

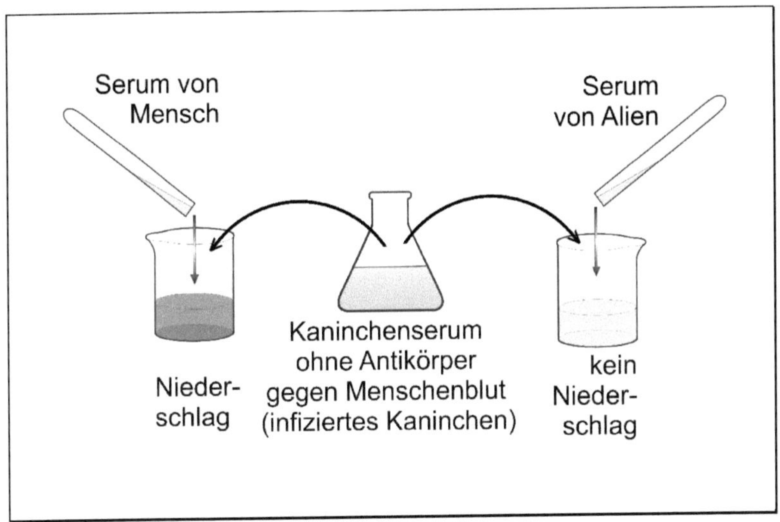

Bild 2: Test auf Mensch/Alien mit infiziertem Kaninchen

Der Mann mit den braunen Augen

Das Ergebnis des Tests wurde von allen mit Spannung erwartet. Alle waren versammelt; sogar Sniff saß erwartungsvoll neben Dona und hechelte freundlich vor sich hin, während seine strahlenden Augen irgendetwas in der Ferne zu verfolgen schienen. Boris stand ausnahmsweise gerade, John hatte sein Maschinengewehr im Anschlag, Dona studierte missbilligend die Schiffsordnung. Anna machte Fitnessübungen im Stehen ("Power Standing"), Olga studierte zum dritten Mal "Krieg und Frieden" (Readers Digest Version, 7 ½ Seiten). Pierre betrachtete seine Fingernägel im Hinblick auf deren programmiertechnische Erfassbarkeit, und Fritjof übte sich im Schweigen, eine Tätigkeit, die ihm nach 40-jähriger Praxis nicht allzu schwer fiel.

Dona hatte die Proberöhrchen mit den Seren aller Männer und Frauen in einem Behälter aufgereiht. In der Hand hielt sie ein etwas größeres Fläschchen mit dem Serum des Hundes. Und nun begann der Teil eines ebenso spannenden wie verblüffenden Schauspiels. Dona goss ein paar Tropfen in die Röhrchen der Raumschiff-Besatzung.

Dem Kapitän gebührte die Ehre des ersten Tests, und das war gut so. Wäre die Reihenfolge anders gewesen, hätte es vermutlich mindestens einen Toten gegeben. Denn das Röhrchen blieb klar - John war ein Alien. Dona nahm ihm sofort das Maschinengewehr weg und fuhr mit dem Testen fort. Eine allgemeine Lähmung hatte sich über die Schiffsbesatzung gelegt, und sie wurde am Ende der Testreihe durch ein beredtes Schweigen unterstützt. Denn alle Röhrchen blieben klar. Sogar das von Boris.

"Und das bedeutet:" sagte ausnahmsweise der sonst so schweigsame Fritjof, "Wir sind alle Aliens."

"Willkommen im Klub!" meinte Olga, "Dann können wir ja Verbrüderung feiern. Dabei" fügte sie hinzu "hab ich gar nichts gemerkt von meiner Verwandlung."

"Ich auch nicht" hallte ein vielfältiger Chor. "Halt!" rief Dona in die allgemeine Aufregung, "das ist nicht die einzige Erklärung".

Sie wies auf die vordere Reihe der unteren Würfelgruppe hin. "In diesem - und nur in diesem Fall können wir nicht mehr unterscheiden zwischen Mensch und Alien: Der Hund ist infiziert, Boris auch!"

Der Hund mit den blauen Augen

"Hmmmm" sagte Anna nachdenklich. "Hat Akira nicht von einer Farbveränderung gesprochen? Schaut euch doch den lieben Sniff an. Huskys haben hellblaue Augen. Und der hier?"

"Grün, eindeutig grün" sagte Pierre. "Und was ist mit Boris und seinen Augen?"

Boris spielte wieder Boris, den buckligen Assistenten von Dr. Frankenstein. Mit dem üblichen Grinsen blickte er in die Runde, und jeder konnte seine dunkelbraunen Augen sehen. Dann fasste er an das eine Auge und schob die Augenlinse weg. Heraus kamen leuchtend grüne Augen. "Sieht eigentlich ganz gut aus" flüstere Olga ihrer

Nachbarin ins Ohr. "Ja" sagte Anna, "wenn nur diese schreckliche Frisur nicht wäre."

"Alien!" schrien die anderen. "Erschießen" rief John, aber Dona hatte das Gewehr fest in der Hand und überschrie die anderen: "Halt! Wir brauchen Boris noch!"

"Um ihn in Alkohol nach Hause zu bringen?" fragte Anna. "Um ihn durch die Kraft der Liebe zum Menschsein zu bekehren?" fragte Olga. "Um ihm endlich ein wenig Kultur beizubringen?" fragte Pierre. "Um ihn bei uns im Norden anzusiedeln. Da ist viel Platz." sagte Fritjof. "Um sein Serum weiter verwenden zu können." sagte Dona. Sie fuhr fort:

"Wir hatten eine Gleichung mit zwei Unbekannten: Serumspender und Antigenproduzent. Jetzt haben wir nur noch *eine* Unbekannte. Wenn wir es schaffen, für den Antigenproduzenten eine nicht infizierte Lebensform zu finden, dann haben wir genügend Informationen und können zwischen Menschen und Aliens unterscheiden."

"Und wo kriegen wir sowas her?" fragte John, der sich wieder beruhigt hatte.

"In Akiras Labor hatte er auch weiße Mäuse. Wir brauchen nur eine von ihnen, die schwanger ist. Wir isolieren von Anfang an ihre Neugeburten und beobachten sie. Sind wir dann wirklich sicher, dass eine der Nachkommen-Mäuse nicht infiziert ist, können wir sie als Antigenproduzenten mit Boris' Serum benutzen."

"Ich füttere sie" sagte Anna. "Und ich streichle sie" sagte Olga. *Und ich überwache euch beide* dachte Dona. "Wie wollen wir sie nennen?" fragte Anna. "Rosie" sagte Olga, wegen der roten Augen." *Hoffentlich sind sie auch rot* dachte Dona, die dem Gespräch gelauscht hatte.

Die Röhrchen mit dem grauen Niederschlag

Und so geschah es. Um die Geschichte abzukürzen (es geht uns hier schließlich nur um die Logik), präsentieren wir die Ergebnisse des Serumtests (Serumgeber Boris = Alien. Antikörperproduzent weiße Maus = nicht infiziert):

Name	Niederschlag
John	nein
Dona	nein
Fritjof	nein
Anna	ja
Pierre	ja
Olga	nein

Hier noch einmal ein Hinweis: Ein sauberes Kaninchen bildet Antikörper gegen einen Menschen; es kommt zur Ausfällung (= Niederschlag). Ein Alien-Kaninchen bildet *keine* Antikörper gegen Menschen und auch nicht gegen Aliens, es gibt keine Ausfällung.

Frage: Wer ist noch Mensch, wer schon infiziert?

+++

Die Geschichte mit den vielfarbigen Verläufen

Aber weiter mit der Erzählung, die so gruselig anfing und möglicherweise happy endet, zumindest in einigen Fällen:

- Der Außerirdische, das "Alien-Monster", wurde indirekt gefunden, mit Methoden, die ich hier nicht näher ausführen will: im Magen von Sniff. Vielmehr außerhalb davon. Der Husky hatte das Stück Protoplasma einfach gefressen und wurde dadurch auch verwandelt. Gleichzeitig war das fremde Wesen in seiner Ursprungsform außer Gefecht gesetzt, denn die konzentrierte Salzsäure im Magen hat es nicht überlebt. Moral: Der wollte doch nur spielen! Der Hund; der andere nicht.

- Die infizierten Besatzungsmitglieder hatten sich alle an Sniff angesteckt, in dem sie ihn streichelten und er sie abschleckte. Moral:

Spiel nicht mit fremden Hunden. Mit bekannten erst recht nicht, jedenfalls nicht in abgeschlossenen Raumschiffen.

- Der/die/das Außerirdische vulgo "Ding" fühlte sich in den menschlichen Körpern so wohl, dass es alle etwa vorhanden gewesenen Pläne zur Welteroberung aufgab und die angenehme Gemeinschaft der Raumschiffbesatzung so lange genoss, bis sich sein Eigenbewusstsein auflöste und es sozusagen friedlich entschlummerte. Nur die grünen Augen blieben, was aber eher zur Attraktivität der befallenen Personen beitrug. Moral: Lass dich durch eine freundliche Umgebung nicht von deinen Plänen abbringen! Oder mach dir's gemütlich, was immer dir lieber ist.

- John und Dona zerstritten sich und trennten sich dann, wegen unvereinbarer Auffassungen bezüglich der Lösung von Problemen mit nichtmenschlichen Existenzen. John hing seine Karriere an den Nagel, wurde Mitglied im lokalen Schützenverein und unterstützte die Gründung und Verbreitung einer Psychosekte, was seiner Karriere nicht gut tat, weshalb er heute vergessen ist. Dona sattelte um auf Raumschiffnavigation und wurde eine erfolgreiche Führerin mehrerer Expeditionen in unbekannte Weiten. Moral: Männer und Frauen passen nicht immer zusammen.

- Boris sattelte um auf Politiker und plante zukünftige Weltraumexpeditionen, wobei er sorgfältig darauf achtete, nur Anhänger seiner eigenen (neu gegründeten) Partei in die Besatzung aufzunehmen, um Streitereien zu vermeiden und seine Karriere (er wollte Weltpräsident werden) zu fördern. Moral: Auch Clowns schaffen es manchmal in die Politik!

- Pierre stellte Anna einen Antrag, man möge doch die - inzwischen recht ausgereifte - Beziehung zueinander etwas ausweiten, rein zur Förderung der deutsch-französischen Freundschaft. Doch Anna missverstand Pierres Wunsch als Aufforderung zu gemeinsamer politischer Tätigkeit, was sie strikt ablehnte. Sie wäre schließlich kein Clown, um sich mit Politik zu beschäftigen. Worauf sich Pierre enttäuscht abwandte und ein Programm schrieb, mit dessen Hilfe alle

Sprachen, auch solche extraterrestrischen Ursprungs, automatisch ins Französische übersetzt werden konnten, und natürlich auch (besonders) umgekehrt. Moral: Sprachlos funktioniert die Liebe nicht!

- Fritjof adoptierte Sniff als permanenten Weg- und Lebensbegleiter. Schließlich stammten beide aus dem hohen Norden, liebten Schneestürme, Blizzards und Gletscherabbrüche, fanden sich in dichtem Schneegestöber ebensogut zurecht wie in langen Polarnächten, mochten Rennen über Schnee, Eis, Wasser und zugefrorene Meerengen, hatten ähnlich scharfe Augen und sprachen ähnlich viel, nämlich praktisch nichts. Moral: Liebe kennt keine Grenzen!

- Anna und Olga beschlossen, ihre Talente zu kombinieren und zu koordinieren. Sie verfassten einen Lyrikband (Thema: "Wenn leis' die Aliens erscheinen") und verdienten damit so gut, dass sie ihre Raumfahrtkarrieren aufgaben und auf den Literatur-Nobelpreis hinarbeiteten. Moral: Frauen und Frauen passen manchmal ganz gut zusammen.

Leben wir in der Matrix?

Ein Mann verschwand vor den Augen des Beobachters, tauchte nie wieder auf, und seine besten Freunde behaupten, ihn nie gekannt zu haben. Was war da geschehen?

Der Mann, den es nie gab

"Bin froh, dass Sie hier sind!" sagte MEISTER Lukas Wittgenfels, Professor für vergleichende Sprachforschung und logische Grundlagen der Epistemologie, zum GESELLEn Jonas Sintermeier, Jurist und Berater der Kriminalstelle für außergewöhnliche Verbrechen. "Wir haben ein Problem."

"Wieder ein Roboter, der einen Menschen erschlagen hat, obwohl das unmöglich ist? Oder eine Gruppe von PSI-Talenten, die jemand zum Absturz bringen?"

"Nein, viel ernster. Diesmal geht es um Leben um Tod - der gesamten Menschheit. Oder des ganzen Universums."

"Ui. Eine weltweite Seuche, verbreitet von nihilistischen Terroristen? Die Nazis, die auf der dunklen Seite des Mondes überlebten und jetzt die Zerstörung der Galaxis vorbereiten? Oder gar zuviel CO2 in der Atmosfäre?"

"Sparen Sie sich Ihren Sarkasmus. Haben sie schon mal was von der Matrix gehört?"

"Welcher? Bei uns ist das die Übersicht über die Möglichkeiten eines Verbrechens."

"Nein, ich meine das Konzept, das vor langer Zeit in einer Reihe von Filmen propagiert wurde, und das heute noch in den Köpfen einiger Denkmeister herumspukt. Es geht schlicht und einfach darum: Wir werden von Außerirdischen beherrscht."

"Aha" sagte Sintermeier ohne große Begeisterung, und fügte hinzu: "Durch Chips, die uns ein böser potenzieller Weltbeherrscher heimlich einpflanzen lässt?"

"Sie nehmen die Sache nicht ernst."

"Welche Sache?"

"Passen Sie auf. Vor kurzem meldete sich ein alter Bekannter von mir, ein Codemeister namens Anastasius Suiböhm. Jedenfalls nennt er sich so, und er behauptet, das wäre die Namensvariation eines

Mathematikers, der sich ein verschlungenes Endlosband ausgedacht hat. Egal, dieser Suiböhm rief mich an, und auf dem Bildschirm war klar zu erkennen: Der Mann hat Angst. Als ich dann die Emotionsempfangstaste drückte, sah ich seinen inneren Aufruhr. Seine Amygdala war total - aber weg von den Einzelheiten.

Er behauptet, er hätte was Ungeheuerliches herausgefunden: Wir Menschen sind gar keine Menschen, sondern Datenpakete einer gigantischen Simulation innerhalb eines noch gigantischeren Bitsystems."

"Und woher haben wir dann Bewusstsein und Erinnerungen?"

"Alles simuliert, alles programmiert, alles determiniert."

"Klingt für mich wie eine Verschwörungstheorie. Sie sind ja auch keine gigantische Echse oder ein ausgetauschter Außerirdischer."

"Nun passen Sie auf. Ich machte mit ihm einen Termin aus, das Sekretariat notierte und bestätigte den Termin. Als er zur vereinbarten Zeit nicht erschien (ich wartete 20 Minuten), frage ich im Sekretariat nach, ob sich der Herr gemeldet hätte, da er den vereinbarten (und notierten) Termin offenbar nicht einhält. Die erstaunte Antwort: Welcher Herr? Welcher Termin?

Es stellte sich heraus: Nirgendwo war ein Anastasius Suiböhm registriert. Ich suchte überall, in allen Akten, Adressbüchern, Codesammlungen, Firmen, Schriftstücken, Digitalforen, Datenfriedhöfen, Bitpapierkörben. Nichts, niemand, niemals."

"Und was folgern Sie daraus?"

"Wir leben in einer Simulation. Mein Informant hatte offenbar Beweise dafür gefunden, er wollte sie mir mitteilen. Die Programmierer haben davon Wind bekommen und das Problem auf einfachste Weise gelöst: Sie haben ihn gelöscht. Und alle Erinnerungen an ihn."

"Klingt für mich nicht nach einer gigantischen Simulation, eher nach einer gigantischen Verschwörung. Oder nach ganz normalem

Verfolgungswahn. Vielleicht leiden ja Sie unter einem falschen Gedächtnis?"

"Könnte sein. Aber ein Gefühl sagt mir - "

"Überlassen Sie die Gefühle lieber den eigens dafür gezüchteten Androiden. Aber ich nehme Sie ernst. Angenommen, es wäre so. Angenommen, wir wären nichts als Datenströme in einer gigantischen Simulation. Dann ergeben sich zwei Fragen. Erstens, wie können wir das erkennen? Und zweitens, was können wir dagegen tun?"

Kriterien, die nichts nützen

"Die Sache ist die" fuhr Wittgenfels fort, "kein Programm ist perfekt. Bei so komplexen Programmen wie der Simulation unserer Welt (immer vorausgesetzt, so etwas ist möglich und widerfährt uns gerade) treten unweigerlich kleine Störungen auf. Stellen Sie sich vor, die Programmmaus läuft dem Programmcode entlang. Wenn sie stolpert, gibt es zwei Möglichkeiten: Sie kehrt auf einen früheren Punkt ihrer Reise zurück; das gibt eine Schleife. Oder sie überspringt einen Teil des Codes; das gibt einen Sprung."

"Ich sehe aber noch nicht, wie wir was erkennen können, auch wenn ich schon etwas ahne."

"Bei einer Schleife erleben wir etwas mehrfach. Bei einem Sprung erleben wir einen Teil der Wirklichkeit nicht."

"Aha. Und jetzt in die Sprache des Erlebens übersetzt?"

"Nehmen wir an, die Codierer merken die Schleife und brechen sie rechtzeitig ab. Im einfachsten Fall durchläuft die Maus also den gleichen Abschnitt der Wirklichkeit - der Simulation - nur zweimal."

"Moment, eines ist mir noch nicht klar. Die da oben programmieren ja nicht nur unsere Handlungen, sondern auch unsre Eindrücke der Handlungen. Und die beiden können sich sehr wohl voneinander unterscheiden."

"Ganz richtig! Und darin liegt unsere Chance. Angenommen, beides - Handlung und Wahrnehmung - stimmt überein. Dann würden wir die Zeitschleife *erleben UND erkennen*. Das wollen die da oben nicht."

"Gut. Möglichkeit 2?"

"Wir *handeln* in einer Schleife, *erleben* das aber nicht. Also: Wir tun (mindestens) zweimal das Gleiche, merken das aber nicht."

"Aha. Lassen Sie mich diesen Gedanken weiterspinnen. Fall 3 heißt das Umgekehrte: Wir *erleben* die Schleife, *handeln* aber nicht. Das heißt, wir erinnern uns an etwas, das gar nicht war."

"Richtig. Sowas nennt man in der Psychologie ein *Déjà-vu-Erlebnis*: schon mal erlebt."

"Dafür gibt es aber eine einfache neurophysiologischer Erklärung: Das Gehirn hat uns getäuscht, indem die unmittelbaren Eindrücke meiner Handlung nicht direkt ins Bewusstsein gelangten, sondern versehentlich erst ins Kurzzeitgedächtnis geschoben und dann von dort wieder herausgeholt wurden. Dann *meinen* wir nur, wir hätten das Ganze schon erlebt."

"Sie haben's erfasst. Und deswegen habe ich mir was ausgedacht, wie wir diesen Einwand überwinden und die anderen Möglichkeiten testen können."

"Da bin ich ja gespannt."

Methoden, die nichts beweisen

Fangen wir mit dem déjà-vu an. Es hat keinen Zweck, wenn jemand sagt: Ich habe das *Gefühl*, das Ganze schon erlebt zu haben. Gefühle bringen uns hier nicht weiter, nur exakte Beobachtungen. Nur wenn die 'Erinnerung an die Zukunft' exakt, in allen Details, mit dem Vorfall übereinstimmt, können wir sicher sein, dass Fall 3 vorliegt."

"Wieso?"

"Weil dann keine psychologische Selbsttäuschung, sondern ein Programmfehler vorliegt. Wir gehen ja davon aus, dass wir gemäß einem vorgefertigten Code leben. Der kann sich nicht selber modifizieren."

"Aha. Und wie finden wir das heraus?"

"Ich hab mir folgendes überlegt: Drei Männer (oder Frauen) führen Tagebuch für einen Tag. Da muss nichts Besonderes geschehen, aber wichtig ist: Die Versuchspersonen müssen immer alle Trivialitäten und die Zeiten ihrer Handlungen und Beobachtungen notieren."

"Und das soll uns sagen, ob wir in der Matrix leben?"

"Es soll uns Hinweise geben. Vielleicht haben wir Glück (oder Pech, wenn wir erkennen, dass wir tatsächlich nur simuliert sind). Machen Sie mit?"

"Klingt nach einfacher Aufgabe. Da brauchen wir aber noch den von Ihnen vorgeschlagenen dritten Mann."

"Oder Frau. Erinnern Sie sich an die 'Riecherin', die uns bei der Aufklärung der Unfallgeschichte geholfen hat? Ich hab sie schon kontaktiert; sie macht gerne mit."

Und so geschah es. Da die Beteiligten ihre Vornamen nicht preisgeben wollen, nennen wir sie Alfons, Barbara und Canisius.

Berichte, die nichts aussagen

Alfons Tag

Ich muss vorausschicken, dass ich anscheinend irgendeine besondere Gabe habe. Als ich einmal ein Seminar mit machte, bei dem Ereignisse vor oder unmittelbar nach der Geburt "erinnert" werden sollten, erlebte ich, wie ich, noch an der Nabelschnur meiner Mutter hängend, zu Boden fiel und ein paar Mal mit dem Kopf auf den Steinfußboden plumpste. Ich erzählte diese Episode meiner Mutter, und sie sagte, sie hätte mich tatsächlich einmal, ich wäre da ein halbes Jahr alt gewesen, auf den Kopf fallen lassen. Sie hätte sich so geschämt, dass sie diese Episode niemandem erzählte.

Als ich an diesem Morgen um 8:15 das Haus verließ - die Sonne schien schon ziemlich stark - und zu Fuß zur Straßenbahnhaltestelle ging, wusste ich plötzlich: Ich werde zu einem Verkehrsunfall zurecht kommen. In einem "flash", einer Art Gedankenblitz, sah ich alle Einzelheiten: den hellblauen, etwas eckigen Kleinwagen nicht identifizierbarer Marke, der nach links abbiegen wollte und die ankommende Straßenbahn übersah. Auf der Fahrerseite stieß er gegen die Breitseite des dunkelblauen Wagens und wurde dort eine kurze Strecke mitgeschleift, ein störender Fleck in einer ansonsten makellosen Fläche. Dann holten sie den Fahrer auf der freien Seite raus. Ich "sah" noch seinen blutüberströmten Kopf, dann riss sozusagen der innere Film.

Um 8:27 sah ich meine Straßenbahn - und damit das kommende Unglück - kommen. Ich begann zu rennen, um vielleicht dem Fahrer helfen zu können. Da kam das Auto auch schon, diesmal erkannte ich auch die Automarke: Es war ein ganz neuer Fiat Punto. Er blinkte und fuhr, offenbar ohne zu schauen, nach links, direkt in die Straßenbahn, mit der er optisch beinahe verschmolz, sodass er aussah wie ein surrealer Fleck auf einer dunkleren Unterlage. Bremsen quietschten, Metall kreischte, die ersten Menschen kamen angerannt. Einer öffnete die rechte Tür, ein anderer versuchte, den Verletzten herauszuzerren. Als sie ihn endlich im Freien hatten, seufzte ich erleichtert auf: Er hatte sich offenbar den Arm oder die Hand gebrochen, war aber sonst unverletzt.

Ich konnte nicht viel helfen. Der Rest des Tages ist eher uninteressant, denn die geschilderten Erlebnisse sind wohl ausreichend, um ein déjà-vu-Vorkommnis zu charakterisieren.

Barbaras Tag

Es war Samstag. Ich wachte morgens um ½ 9 auf, lag noch eine Weile im Bett und las den Schluss der Erzählung von Robert Heinlein "All you zombies". Um ½10 stand ich auf und machte mich zum Ausgehen fertig. Gegen 10:15 betrat ich den Supermarkt, wo schon eine Menge los war. Ich traf dort den Sohn der Nachbarin, einen langgewachsenen blonden Jungen von mindestens 1 m 90 Größe. Wir plauderten über den kommenden Regen, und was seine Mutter ihm aufgetragen hatte zu kaufen. Ich selber suchte eine Weile, bis ich mein Shampoo in einem versteckten Seitengang gefunden hatte. Als ich den Gang verlassen wollte, kam mir der Nachbarsjunge entgegen und bat mich höflich, ihm behilflich zu sein; er suche ein ganz bestimmtes Waschmittel, finde es aber nicht. Ich zeigte ihm, wo es war, und wunderte mich über seine Haare, mit denen irgendetwas nicht stimmte. Aber ich konnte nicht herausfinden, was.

Danach kaufte ich in verschiedenen Abteilungen folgendes: einen Sack Kartoffeln (vorwiegend festkochend); zwei Zucchini, schon etwas weich; eine Gratulationskarte (Geburtstag). An der Fleischtheke erstand ich ein Pfund Hackfleisch, gemischt. Dann erinnerte ich mich an das Haarwaschmittel, ging wieder zurück, fand es im Regal und legte es in den Wagen. Schließlich kaufte ich Brot von gestern, zum haben Preis. Ich hatte die Karotten vergessen. Also ging ich den Gang zurück und holte eine Packung. Auf dem Weg zur Kasse kam ich an der Kühltruhe vorbei und nahm zwei Liter Milch mit. Und weil die Pizza Margherita diesmal zum Sonderpreis angeboten wurde, nahm ich auch noch eine mit.

An der Kasse geschah dann etwas Unerfreuliches. Ich hatte immerhin drei Sachen gekauft, deren Preis herabgesetzt worden war: das Shampoo, das Brot und die Pizza. Und für jeden einzelnen dieser Gegenstände musste ich mit der Kassiererin um den Preis streiten! Als ich dann meinen Wagen auf dem Parkplatz suchte, stand er woanders, als ich ihn in Erinnerung hatte. Entweder ließ mein Gedächtnis nach, oder ich verwechselte den Parkplatz mit dem von gestern, wo ich auch im gleichen Supermarkt gewesen war. Aber schließlich fand ich ihn so gegen 12 Uhr, fuhr nach Hause, packte meinen Einkauf aus und bereitete ab ½ 1 das Mittagessen vor.

Canisius' Tag

7:30: Der Wecker klingelt. Ich liege noch 10 Minuten im Bett, dann stehe ich auf, putze die Zähne, esse einen Happen Schwarzbrot mit Marmelade (alte Gewohnheit) und mache mich auf den Weg zur U-Bahn. Als ich die Wohnung verlasse, ist es 8:29.

8:37: Die U-Bahn fährt ein.

9:05: Ich steige aus und gehe ca. 10 Minuten zu Fuß zum Bürogebäude.

10:30: Fachsitzung.

11:55: Ab zum Mittagessen. Danach kleiner Spaziergang ums Gebäude, wegen der frischen Luft.

13:10: Akten ordnen, bis ca. 15 Uhr.

15-15:30: Kaffee- und Plauderpause mit drei Kollegen. Wir schimpfen auf den Chef und auf die Politiker, aber jeder auf einen anderen.

15:30 bis 17:00: Schwieriger Fall, der meine ganze Aufmerksamkeit fordert. Zwischendrin immer wieder Pausen, wo ich aber die meiste Zeit sitzen bleibe und nur einmal Kaffee tanke.

17:00 Ich esse meine mitgebrachte Jause und schließe den Tag geistig ab.

17:30: Ich räume im Büro auf, fahre mit dem Lift nach unten und verlasse das Gebäude durch das Haupttor, wobei ich dem Portier zuwinke. Er winkt zurück.

Der Abend ist schön; ich beschließe, zu Fuß nach Hause zu gehen. Leider habe ich nicht mehr auf die Uhr geschaut.

Als erstes, gleich um die Ecke, komme ich am Gebrauchtwarenladen vorbei, wo ich mir eine Weile die Auslage anschaue. Ein altes Gemälde, eine kitschige, aber dramatische Schiffsszene auf dem stürmischen Meer, beeindruckt mich. Ich nehme mir vor, morgen wieder zu kommen und mir das Bild genauer anzusehen.

Als ich die Straße überqueren will, stellt die Verkehrsampel gerade ihre Funktion ein und blinkt nur noch gelb. Das geschieht an dieser Straße üblicherweise gegen 21 Uhr.

Ich gehe in die Kneipe unmittelbar hinter der Kreuzung und genehmige mir noch einen Cinzano (mit Orangensaft). Das dauert etwa 20 Minuten. Niemand da, den ich kenne, keine Stimmung, also gehe ich wieder.

Von der Kneipe brauche ich ungefähr eine halbe Stunde nach Hause. Endlich in meiner Wohnung angekommen, schaue ich auf die Uhr: 22:17.

Der Abend ist noch frisch. Ich schaue mir eine DVD an, einen Science-Fiction-Film über eine Zeitreise in die Vergangenheit. Dann ist es ziemlich genau Mitternacht. Ich mache mich schlaffertig, bin so gegen ½ 1 im Bett und schlafe sofort ein.

Überlegungen, die nichts bringen

"Und? Der erste Bericht scheint ja eindeutig Fall 2 zu sein, also déjà-vu."

"Hmmm. Muss ich mir nochmals genau anschauen."

"Bericht 2 und 3 sind in meinen Augen außergewöhnlich gewöhnlich. Wie sollen wir da irgendwelche Hinweise entdecken?"

"Aber Sie sind doch auch Jurist und gewohnt, das Kleingedruckte zu lesen und nichts zu übersehen. Fiel Ihnen da nichts auf?"

"Ich habe die Berichte nur überflogen. Wenn Sie wollen - "

Frage an den Leser: Fällt Ihnen etwas auf? Gibt es, nach den Kriterien zu Beginn der Geschichte, irgendwelche Hinweise auf eine Simulation? Oder ist alles nur ein Hirngespinst?

Die Zeitmaschine

Die Firma Kairos behauptete, eine Zeitmaschine gebaut zu haben, mit deren Hilfe die Vergangenheit gesehen werden kann. Ist sie echt oder Fiktion?

Die Begegnung

"Unsere Wege kreuzen sich ständig!" sagte GESELLE[1] Jonas Sintermeier, Jurist und Berater der Kriminalstelle für außergewöhnliche Verbrechen.

"Da sind höhere Mächte im Spiel." meinte MEISTER[2] Lukas Wittgenfels, Professor für vergleichende Sprachforschung und logische Grundlagen der Epistemologie[3]. "Es gibt nämlich schon wieder ein Problem."

"Erzählen Sie."

"Die Firma KAIROS[4] behauptet, eine Zeitmaschine entwickelt zu haben. Und wir sollen überprüfen, ob die echt ist oder ein bloßes Zauberkunststück."

"Was? Wie? Sollen wir in die Vergangenheit reisen, uns selbst begegnen, uns selbst erschießen und dann schauen, was mit uns passiert?"

"Ich habe eher den Verdacht, die möchten, dass ich alte Sprachen identifiziere. Aber wie sie die Zeitreise-Paradoxa[5] vermeiden wollen, ist mir schleierhaft."

"Und ich soll wohl herausfinden, wer Jack the Ripper wirklich war, oder warum Jesus verurteilt wurde."

"Spannende Zeiten kommen auf uns zu ..."

Die Vorstellung

Die Firma KAIROS, entstanden aus einer Zusammenarbeit zwischen dem Institut für kosmologische Quanten-Geometrodynamik[6] an der Princeton-Universität, einem ungenannt bleiben wollenden Großindustriellen sowie dem Verteidigungsministerium, machte aus der Präsentation ihrer sensationellen neuen Erfindung eine filmreife Schau. Der Ort war ein berühmtes Stadion, für das Reklame zu machen uns nicht zusteht, sowie eine Riesenbühne mit der neuesten Präsentationstechnik, die es überhaupt gab. Die Hologramme der Vortragenden waren so perfekt, dass man auch in der ersten Reihe nie wusste: Ist der echt oder bloß virtuell?

Wittgenfels und Sintermeier saßen in der ersten Reihe, eingeklemmt zwischen einem steif aufgerichteten männlichen Wesen mit massivem Oberkörper, an dem viele Orden klebten, der sich aber praktisch nie bewegte ("Sicher ein Roboter!" flüsterte Wittgenfels. "Nein, ein General" flüsterte Sintermeier zurück); und einem kleinen Mann mit viel Bauch, vielen Haaren unterm Kinn, einem haarlosen Oberkopf und einem grimmigen Blick, der die ganze Zeit hin und her rutschte und sich hier offenbar fehl am Platze fühlte ("Ein Zauberkünstler" flüsterte Sintermeier, "der den Unfug aufdecken soll." "Nein, einer der Geldgeber" flüsterte Wittgenfels zurück.)

Dann kam die Vertretung der Firma auf die Bühne geglitten/geschwebt - eine schlanke, große Frau mit Haaren, die ihren Kopf kunstvoll einrahmten, in einem langen engen Kleid voll Glitzerperlen, das ihren Körper einnehmend umhüllte. "Die kommt aus China!" "Nein, aus Japan."

"Meine Zuhörerpersonen" begann die Dame, (oder ihr Hologramm), "mein Name ist Samhyeon und ich komme aus Korea. Ich will Ihnen kurz das Prinzip unserer Zeitmaschine erläutern."

Auf einer Riesenleinwand hinter ihr erschien ein kompliziertes Diagramm dieser Art:

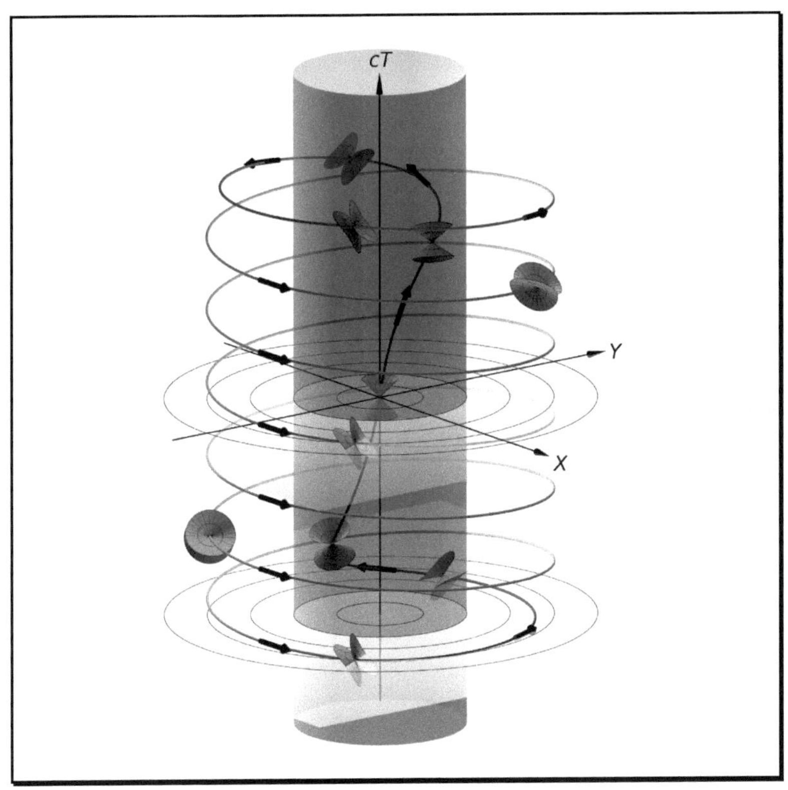

"Sie sehen hier das Prinzip, das vor langer Zeit mathematisch von einem gewissen Kurtul Göder[7] erfasst wurde. Es beruht auf Formeln eines Herrn Alfred Eisenstein[8], mit denen dieser das Weltall als koordinatenfreies Ensemble gekrümmter Geodätischer in einer 4D-Welt beschrieb."

"Hä?" flüsterte Wittgenfels. "Wie?" flüsterte Sintermeier. "Humbug" brummte der Mann mit unten Bauch und oben ohne.

"Es geht darum" fuhr die verhüllte Dame fort, "ein spezielles Universum durch rasche Rotation aller punktförmig gedachten atomaren Bestandteile zu erzeugen, wobei die aus ihnen zusammengesetzten makroskopischen Körper aber in Ruhe bleiben[9].

In diesem Zylinder-Universum gibt es nicht-triviale geschlossene zeitartige Kurven, mit Hilfe derer durch den Transport entlang Killing-Vektorfeldern ... trotz der Verletzung des Machschen Prinzips können dann durch nichtlineare Interpolations-Kernels -"

"Versteht kein Wort." "Zumutung." Humbug." Solche und andere Bemerkungen waren allerdings nicht mehr nur geflüstert, sondern drangen bis nach oben durch. Leicht irritiert blickte die Vortragende ins Unendliche und fuhr dann entschlossen fort: "Auf diese Weise sind Reisen in die Vergangenheit möglich."

Es stellte sich im Verlauf der weiteren Präsentationen heraus, dass solche Reisen zwar theoretisch möglich, praktisch aber undurchführbar waren, da irgendwelche Gegenstände auf nahe Lichtgeschwindigkeit beschleunigt werden müssten und zudem keine Garantie für ein Treffen mit der Vergangenheit vorhanden war. Doch die Firma hatte einen Ausweg gefunden: Mit Hilfe der oben erwähnten Kombi-Theorie war es möglich geworden, nicht einen Gegenstand oder ein Raumschiff zu beschleunigen, sondern das ja schon vorhandene Licht aus der Vergangenheit durch besagte Rotation einzufangen, wodurch ein Blick in zurück liegende Zeiten möglich wurde, ganz ohne Paradoxa.

Natürlich hatte die Methode noch ihre Macken. Das Einfangen überbeschleunigter Photonen war aufwändig, konnte nur bei extrem tiefen Temperaturen erfolgen und war zudem zeitlich begrenzt. Außerdem gab es keine Möglichkeit, auch Töne der Vergangenheit in der Gegenwart hörbar zu machen. Dafür gab es auch keine Zeit-Paradoxa. Alles blieb im hier und jetzt.

Das Team

Im kleinen Kreis dann wurden die Banknachbarn unserer Detektive den Detektiven vorgestellt. Der Herr mit dem steifen Gehabe und der schweigsamen Miene war tatsächlich ein General, der es gewohnt war, den Befehlen seiner Vorgesetzten zu lauschen oder solche an die niederen Ränge weiterzugeben. Da weder die eine noch die andere Menschengruppe vorhanden war, schwieg er berufsbedingt und sah in die Unendlichkeit. Der andere Herr war Historiker - derjenige, welcher die Echtheit der an- und vorgeblichen Zeitmaschine überprüfen sollte. "Kévorkian" stellte er sich mit wütender Klarheit vor und starrte ins Leere, "Anastasius P. Kévorkian. Sie können mich Kevi oder Dr. Kork nennen." Ab da schwieg er wieder und starrte ins Unendliche, allerdings in die Gegenrichtung des Generals. Die beiden verkörperten sozusagen die beiden unterschiedlichen Zweige einer hyperbolischen Asymptote. Aber wir wollten ja Fachausdrücke vermeiden.

Die schöne Koreanerin setzte ihre Erläuterungen fort, im Stehen, während alle anderen saßen, sogar der General. Aber nur im Stehen kam die Schlankheit ihres Körpers voll zur Geltung. "Warum setzt sie sich nicht?" flüsterte Wittgenfels. "Sie repräsentiert den Zylinder der Zeitmaschine." flüsterte Sintermeier zurück.

"Meine Herren" begann Madame Samhyeon[10], "wie ich schon ausführte: Sie werden nicht reisen, sondern nur sehen, auch nichts hören. Zudem mussten wir die Ziele Ihrer Erkundigungen auf zehn Ereignisse beschränken. Der Hauptgrund liegt im energetischen Aufwand, der ist gewaltig. Ein zweiter Grund ist die Schwierigkeit der Aufrechterhaltung dessen, was die Filmleute 'continuity' nennen.

Wenn Sie beispielsweise Napoleon mit unserem Zeit-Teleskop verfolgen wollen, können Sie sich nicht an seiner Kleidung orientieren, auch nicht daran, dass er die Rechte in seiner Weste versteckt. Das hat er nur für das Porträt getan. Und Namensschilder tragen die Größen der Geschichte auch nicht. Es bereitet also gewisse Schwierigkeiten, eine einmal entdeckte Person durch die Zeit zu verfolgen.

Ich habe Herrn Dr. Kork gebeten, aus den zehn verfügbaren Vergangenheits-Szenarien drei auszuwählen, in denen er besonders bewandert ist und deren Echtheit er am besten beurteilen kann. Sie als Spezialist für antike Sprachen und Verhaltensweisen, und Sie als Kriminologe, werden ihm dabei behilflich sein. Die zugehörigen Ereignisse werden nach ihrem Aufspüren durch unsere Zeitmaschine auf die Wand projiziert - natürlich ohne Ton - und Sie können mit

Ihren Mentalmikrophonen fortlaufend Ihre Eindrücke festhalten. Sie müssen Ihre Sätze nur denken.

Ich versichere Ihnen, dass Sie keine Aufzeichnungen sehen werden, sondern die Original-Ereignisse. Ich danke Ihnen für Ihre Bemühungen im voraus und überlasse Ihnen jetzt zehn Minuten zur internen Diskussion."

Anmerkungen:

[1] früher "Bachelor"

[2] früher "Master"

[3] Erkenntnistheorie

[4] Im Altgriechischen bedeutet "Kairos" den richtigen Zeitpunkt, im Gegensatz zum langen Zeitabschnitt Chronos. In biblischen Texten steht das Wort "Kairos" für einen von Gott gegebenen Zeitpunkt, eine besondere Chance und Gelegenheit, den Auftrag zu erfüllen.

[5] Großvater-Paradoxon: Ich erschieße meinen eigenen Großvater oder sorge wenigstens dafür, dass er meinen Vater nicht zeugen kann. Wenn mein Vater nicht existiert, kann auch ich nicht existieren. Dann aber kann ich auch nicht meinen Großvater ... siehe oben. Also existiere ich doch. Also kann ich doch ... siehe oben, ad infinitum.

[6] eine Verbindung zwischen Quantenmechanik und der Theorie, die früher "Allgemeine Relativitätstheorie" hieß

[7] Kurt Gödel

[8] Albert Einstein

[9] Hier die Formel dazu: $ds^2 = -c^2dt^2 + dr^2/(1+(r/r_G)^2 + r^2[1-(r/r_G)^2]d\varphi^2 + dz^2 - (2\sqrt{2}r^2c)/r_G\, dtd\varphi$.

[10] "Honig-Zitronen-Tee, der bei einer höfischen Tanzmusik serviert wird"

Die Auswahl

Die Personen verließen den Raum, bis nur noch die drei "Zeit-Detektive" übrig blieben. Kaum waren sie unter sich, wachte Dr. Kork auf, fokussierte den Blick auf die beiden Mitstreiter für die Wahrheit und legte seine Brummigkeit ab. "Alles Betrüger" rief er, sich lebhaft auf den Bauch klopfend, "aber denen werden wir's zeigen. Mein Vorschlag sieht so aus: Jeweils einer von uns ist Haupt-Referent. Ich habe drei Szenarien ausgewählt: Napoleons Krönung, da weiß ich am besten Bescheid, das werde ich mir genau anschauen. Dann die Zustände vor und in einer Kathedrale, dafür habe ich meine Gründe. Das wäre etwas für Sie, Herr Wittgenfels. Sie verstehen ja auch etwas von Geschichte durch Ihre Sprachforschungen. Und schließlich, ich konnte nicht widerstehen: die Hinrichtung Jesu. Da können Sie, Herr Sintermeier, die Situation als Kriminologe am besten beurteilen."

Sintermeier war leicht schockiert "Was soll ich denn da tun? Etwa das, was ich sehe, mit den Berichten aus den Evangelien vergleichen?" "Nein" beruhigte ihn Dr. Kork, "nur objektiv, mit den Augen des geschulten Kriminologen, alles registrieren und sozusagen als Zeitreporter Ihr Mikro besprechen, äh bedenken. Sie müssen wissen: Vieles ist Mythos, aber in unserem Kollektivbewusstsein so fest verwurzelt, dass wir es für wahr halten und nie daran zweifeln, es könnte anders sein. Nehmen Sie das 'hölzerne Pferd', das die Griechen den Trojanern angeblich schenkten. Was sollen die mit einem riesigen Pferd, das man weder reiten noch als Denkmal aufstellen kann? Wieso mussten sie dafür die Tore erweitern? Und wie sollen sich in seinem Bauch griechische Soldaten verstecken? Das Pferd ist ein Übersetzungsfehler. Es war ein großes Schiff aus Holz, und sowas nimmt jeder gerne an.

Oder nehmen Sie Jesus. Jeder kennt sein Gesicht, aus bildlichen Darstellungen durch die Jahrtausende, inklusive der Schatten auf dem Grabtuch von Turin. Aber sah er wirklich so aus? In den Berichten des Neuen Testaments steht nichts über sein Äußeres, aber ein paar Zeitgenossen - Gegner wie Celsus, Anhänger wie Tertullian - haben sich dazu geäußert."

"Und, was haben die gesagt?"

"Ich zitiere: Sein Gesicht war von überirdischer Schönheit, seine Gestalt aufrecht, seine Größe überdurchschnittlich. Zur Ergänzung ein anderes Zitat: Sein Gesicht war hässlich, fast entstellt, sein Körper verunstaltet, vielleicht sogar bucklig, und er war ziemlich klein."

"Sehr hilfreich. Ich werde mein Bestes tun."

"Hier also meine Bitte, auch an Sie, Herr Wittgenfels, und auch an mich: keine Beurteilungen, keine Plausibilitätsüberlegungen, keine Kritik. Zuschauen und objektiv aufzeichnen. Und jetzt ran."

Sie stülpten sich die Mentalmikrophone um, Dr. Kork rief laut "Wir sind so weit", und die Bilder begannen über die Projektionswand zu huschen.

Zeitepoche 1: Klassizismus

Ausschnitte aus dem Bericht von Dr. Kork über die **Krönung Napoleons**:

Als erstes kam der Papst, begleitet von seinen Lakaien, mit seinem lächerlichen Kopfschmuck und dem reich bestickten Gewand, das wie ein Teppich aussah. Anscheinend glaubten die Leute, es könnte regnen (oder es kämen böse Blicke von oben) - jedenfalls trugen seine Begleiter auch noch einen Baldachin, unter dem er ziemlich verschwand. Ich wundere mich immer wieder, wie hässlich die Menschen damals aussahen, die Männer wie Holzschnitte von spanischen Konquistadoren, die Frauen mit Kopfhäubchen wie alte Spinnerinnen.

Jedenfalls kamen Napoleon und seine Frau, pardon: Gattin, nein: Gemahlin gemeinsam, nachdem der Papst schon lange zitternd und angewidert in der (vermutlich eiskalten) Kathedrale gesessen hatte. Bei den vielen Begleitpersonen - Herolde, Pagen, Kammerherren, die Großmeister der Zeremonien, Marschälle, Stallmeister, viele viele Musiker - war das Paar kaum zu sehen. Alles, was Napoleon als Kaiser brauchte: Krone, Schwert, Reichsapfel, Mantel - wurde von anderen getragen, das stand ihm jetzt noch nicht zu. Es war wirklich schwer, den kleinen Möchtegern-Kaiser aus der Staffage der vielen Lakaien herauszuhalten. Er war wirklich klein; kein Wunder, dass die Psychoanalytiker den "Napoleon-Komplex" erfunden haben.

Die Zeremonie zog sich endlos hin. Irgendwann schmierte der 'Großalmosenier' (so hieß der beauftragte Kardinal) Öl auf die freien Körperflächen des zukünftigen Kaiserpaares und wischte es dann wieder ab. Die Leute bückten sich viel, nicht nur, um ihre Ehrerbietung zu zeigen, sondern wohl auch, um die Kleinheit des französischen Kaisers ein wenig zu kaschieren.

Nach der Ölung, pardon: Salbung segnete der Papst (vermutlich Pius VII) die herrschaftlichen Regalien. Herr und Frau Napoleon wälzten sich, jetzt wieder besser sichtbar, die Stufen zum Altar hinauf. Dort band er sich das Schwert um, ging weiter zum Altar, nahm die Krone mit der rechten Hand, hielt sie hoch und zeigte sie allen Anwesenden. Jetzt setzte er sie auf, nahm sie wieder ab, setzte sich den Lorbeerkranz auf, und setzte dann der vor ihm knieenden Josephine ihre Krone auf. Offenbar saß die Krone noch nicht richtig, er nahm sie ihr wieder weg und probierte es ein zweites Mal. Und so verging die Zeit ...

Zeitepoche 2: Gotik

Ausschnitte aus dem Bericht von Meister Wittgenfels über das Leben in und um eine mittelalterliche **Kathedrale**:

Unser Historiker hat zwar gesagt, ich solle nur beobachten und mich jeglichen Urteils enthalten. Aber ich kann nicht. Das, was ich gesehen habe, widerspricht so sehr allem, was ich über mittelalterliche Kirchen, Dome, Münster und Kathedralen weiß, dass ich mein Erstaunen einfach ausdrücken muss.

Es begann mit dem Äußeren des Gebäudes. Ich sehe die mittelalterlichen Kunstwerke vor mir, aus Fotos in Kunstbüchern: grauer, kunstvoll verarbeiteter Stein, mit grauen, ebenso kunstvoll bearbeiteten Statuen. Das mit dem "kunstvoll" stimmte, aber von "grau" konnte keine Rede sein. Nicht nur die unterschiedlichen Farben verschiedener Baumaterialien oder Fassaden waren zu sehen, nein, die einzelnen Fassaden waren schlichtweg bunt - manche mit Streifenmuster, manche gescheckert, andere sogar kariert. Wie ein Tischtuch aus einer bayerischen Wirtsstube. Die Statuen über den Portalen: buntes Holz oder glänzendes Gold.

Dann das Leben vor dem Gotteshaus. Wir sahen ja nur Bilder ohne Ton, aber ich glaubte das Lärmen der Menge förmlich zu hören. Hier ein paar Eindrücke: Da schlichen Bettler vorbei und zogen irgendetwas hinter sich her. Frauen in langen, grauen Gewändern mit wild wuchernden Kopftüchern wuschen Wäsche oder rupften Hühner. Männer in zweifarbigen Hosen (linkes Bein rot, rechtes Bein grün) stolzierten durch die Gegend und kickten alles beiseite, was ihnen wirklich oder eingebildet im Weg lag. Am Eingang der Kirche, deren Tor weit offen stand, lehnten einige Frauen mit einem gelben Tuch schräg um die Hüften, gelben Schuhen und offenen Haaren. Es muss sich wohl um eine Art Kennzeichnung gehandelt haben, aber so weit ich weiß, trugen nur Juden etwas Gelbes, und die werden kaum vor einer christlichen Kirche auf irgendetwas gewartet haben. (Später erfuhr ich: Auch Huren trugen gelbe Kennzeichen. Aber deren Anwesenheit ist genauso unwahrscheinlich wie die jüdischer Frauen ohne Kopftuch.)

Noch schockierender war der Anblick in der Kirche. Da, wo unsereins erhabene Ehrfurcht und andächtige Stille erwarten würde, tobte das Leben. Eine Reihe geschwätziger Frauen - man sah die Geschwätzigkeit an der Lebhaftigkeit ihrer Mund- und Körperbewegungen - saßen im Kreis auf dem Boden. Nebenan machte sich ein schäbig gekleideter Mann auf ein paar Lumpen ein Lager, legte seinen Beutel verschmutzter Habseligkeiten unter den Kopf und begann friedlich zu schnarchen. Weiter hinten fand offenbar ein Markt statt, oder eine Versammlung ehrwürdiger Männer, oder ein Bürgerrat, oder gar eine Theateraufführung. Ich weiß nicht. Jedenfalls nichts Frommes. Kirchenvertreter waren nirgends zu sehen.

Am Schockierendsten war für mich ein Misthaufen unmittelbar am Seiteneingang der Kirche: aufgetürmter Müll mit menschlichem und tierischem Abfall, und mitten drin: ein Säugling, der offenbar schrie, um den sich niemand kümmerte. Ob so die Wirklichkeit aussah?

Zeitepoche 3: Antike

Ausschnitte aus dem Bericht von Geselle Sintermeier über die **Hinrichtung Jesu**':

Zu schrecklich waren die Eindrücke, ich flüchte mich in eine möglichst emotionslose Sprache. Aber das werde ich nicht durchhalten.

Die Gegend war trostlos, staubig, steinig. Eine Karawane zog vorbei, eine Reihe abgemagerter Männer, die sich vorwärts schleppten. Einige trugen einen Balken auf ihren Schultern, ein paar römische Soldaten, erkennbar an ihrer "bunten" Bekleidung, standen seitwärts Wache. Eine der elenden Gestalten fiel mir auf, wegen seiner Haltung: aufrechter als die anderen, mit einem gewissen Stolz trotz der vorangegangenen körperlichen Misshandlungen. Ich konnte auch sein Gesicht sehen: hager, langgestreckt, bleich von den Strapazen der Vor-Verurteilung; tiefliegende Augen, eingefallene Wangen, Haare, die ihm in die Stirn fielen und die Ohren bedeckten. Ob das Gesicht schön oder hässlich war, das kann ich unter diesen Umständen nicht sagen. Auf jeden Fall war es, trotz der tiefen Erschöpfung des Mannes, irgendwie lebendig, fast glühend.

Der Trauerzug erreichte sein Ziel, und das war kein Hügel, nur ein ebener Platz mit Zuschauern. Darunter sah ich Römer, die sofort durch ihre arrogante Haltung auffielen, aber auch einfach gekleidete Juden, gebückt, wie in Angst vor den Schlägen der Besatzer, und einige Frauen. Eine von ihnen fiel in sich zusammen, zwei andere stützten sie.

Auf dem Boden lagen die Balken, die den Todgeweihten ihre letzten Stunden oder Tage zur Qual machen würden. Außerdem sah ich Nägel, Hämmer und Seile. Die zum Tode Verurteilten warfen die Querbalken auf die Holzstämme. Dann kamen je zwei Römer und legten einen Verurteilten auf das so entstandene Kreuz. Sie banden die Arme um das "T" und die Beine an den Längsbalken. Durch die

Fußknöchel schlugen sie je einen Nagel. Ein weiteres Seil wurde an der Spitze des Längsbalkens befestigt. Dann wurde das Kreuz aufgerichtet - es lag schon in der Nähe einer Bodenvertiefung - und in das vorgesehene Erdloch hineingepresst. Schließlich wurde das Kreuz mit Erde und Steinen befestigt.

Ob die Verurteilten schrien oder ihr Schicksal stumm ertrugen, kann ich nicht sagen. Ich sah ihre Gesichter in der Höhe gegen die Sonne, und natürlich konnte ich nichts hören. Gottseidank. Und auch Danke den Veranstaltern dieses grauenhaften Schauspiels, dass sie es abbrachen und uns den Anblick des weiteren Verlaufs der (für die Römer wahrscheinlich alltäglichen) Hinrichtung ersparten. Es war auch so schlimm genug.

Die Aufklärung

Sie warteten gespannt auf Dr, Korks Urteil. Der sah wieder düster vor sich hin, kratzte sich am Bauch, kratzte sich an der Glatze und sagte dann: "Eine Episode war vollkommen richtig, jedenfalls, soweit unsere historischen Kenntnisse ein solches Urteil zulassen. Bei einer Episode war eine wichtige Kleinigkeit falsch, offenbar dem Zeitgeist und seinen Mythen geschuldet. In einer dritten Episode (aber nicht unbedingt in dieser Reihenfolge) waren historisch einwandfreie Fehler. Kurzum: Das ganze ist eine Hollywoodschau, keine Zeitmaschine."

Was hatte der Historiker zu bemängeln?

Mann oder Frau?

Die Krell können ihr Geschlecht beliebig und ziemlich schnell ändern. Als einer von ihnen ermordet wird, steht allerdings fest: Der Mörder kann nur ein männliches Mitglied dieser außerirdischen Rasse gewesen sein. Aber wer war zur Mordzeit ein Mann?

Die Begegnung

"Herr Kollege, wie ich mich freue!" sagte Lukas Wittgenfels, Professor für vergleichende Sprachforschung und logische Grundlagen der Epistemologie, und verbeugte sich ironisch.

"Karmische Begegnungen," entgegnete Jonas Sintermeier, Jurist und Berater der Kriminalstelle für außergewöhnliche Verbrechen, und legte seine Rechte ans Herz. "Es gibt sicher wieder ein Problem, dem nur wir gewachsen sind."

"So ist es." bestätigte Wittgenfels. "Wir müssen einen Mord an einem Außerirdischen ergründen, und, wie Sie sich denken können, gibt es da ungewohnte Komplikationen."

"Beim Mord?"

"Nein, der ist klar: Ein Mann hat einen anderen Mann erschlagen."

"Zuviele Verdächtige?"

"Nein, zuviele Variablen."

"Erzählen Sie."

"Nicht ich, die Sache ist mir zu kompliziert. Aber unsere Kollegin ... Kommen Sie, wir sind mit ihr verabredet, sie wird uns aufklären."

"Ob ich dazu alt genug bin?" murmelte Sintermeier, doch er folgte seinem Kollegen, und so landeten sie schließlich bei Prof. Dr. Ex.

Hallwachs, Spezialistin für die Biologie und Psychologie extraterrestrischer Lebensformen.

Die Biologie der Außerirdischen

Madame Hermine Halogen Hallwachs war mittelgroß, recht stämmig und sehr energisch. So unbeweglich ihr kräftiger Körper wirkte, so lebendig schien ihr Kopf, der gar nicht zu seinem Träger passte. *Als ob ihn jemand von einer jungen Puppe genommen und auf diesen Körper aufgesetzt hätte*, dachte Sintermeier.

"Meine Herrn," sagte Madame H. und verzog den rechten Mundwinkel sarkastisch nach unten (also den linken, von ihr aus gesehen), "Sie wollen sicher aufgeklärt werden."

Schon wieder, dachte Sintermeier, sagte aber nichts. Und Madame H. begann.

"Die Krell, so wie wir sie nennen (wie sie sich selbst bezeichnen, können wir nicht aussprechen), diese Krell also sind uns in sozialer Hinsicht ziemlich ähnlich. Sie bilden lockere Gemeinschaften, legen Wert auf Hierarchien, kennen allerdings nichts, was unserer *Ehe* entspräche. Sie haben zwei Geschlechter wie wir, und auch ähnliche Hormone. Aber jetzt kommt der Hauptunterschied: Jeder Krell kann das eigene Geschlecht beliebig ändern."

"Wo gibt's denn sowas!" staunte Wittgenfels.

"Unter anderem auf der Erde," entgegnete Madame H. und warf ihm einen kühlen Blick zu. "und zwar bei den Lippfischen. Dort ist Geschlechtsumwandlung Teil des Lebens, wie bei den Krell. Nur mit dem Unterschied, dass letztere diesen Prozess willkürlich einleiten können."

"Kann man die Geschlechter bei den Krell äußerlich unterscheiden?" fragte Sintermeier.

"Und ob!" entgegnete Madame H. mit wachsender Begeisterung. "Wie bei den Lippfischen: Ihre Hautfarbe ändert sich radikal. Am besten zeige ich Ihnen das in einer Skizze."

Sie warf ihr *Perapp* an [ihr persönliches Smartgerät mit allen lebensnotwendigen Apps], schaltete den Projektor ein und zeigte dieses Bild:

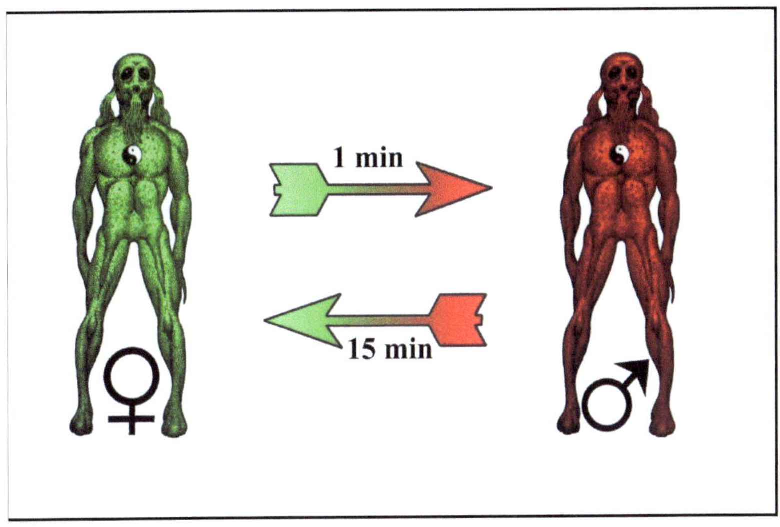

"Links" dozierte Madame H. und zeigte mit ihrem laserverlängerten Zeigefinger auf die grüne Gestalt, "sehen wir sozusagen den Normalfall, eine Krell-Frau. Sie ist eindeutig gekennzeichnet durch die grüne Farbe ihrer Haut. Wandelt sie sich in einen Mann (rechts), dauert das normalerweise nur eine Minute. Die Haut jedenfalls ist rot, aber die Organe sind noch nicht alle ausgebildet. Nach nur einer Minute ist die Krellfrau als Mann noch nicht zeugungsfähig. Das interessiert uns hier aber nicht."

"Warum *Normalfall*?" fragte Wittgenfels.

"Die Krell bevorzugen diesen Zustand, weil er ein einfacheres Leben verspricht, jedenfalls eines ohne größere Auseinandersetzungen oder Kämpfe."

"Sehen die Krell wirklich so aus?" fragte Sintermeier.

"Nein, keineswegs" antwortete Madame H., leicht entrüstet. "Wir dürfen kein Abbild von ihnen verbreiten, das haben interstellare Gesetze festgeschrieben. Darum habe ich hier eine uralte Science-Fiction-Illustration verwendet."

"Und was ist mit den männlichen Krells?" fragte Wittgenfels. "Warum dauert hier die Umwandlung so viel länger?"

"Darauf will ich gerade kommen. Wie auch bei uns auf der Erde wird das Geschlecht hauptsächlich von Hormonen bestimmt. Die Krell können ihre weiblichen Hormone - nennen wir sie einfachheitshalber *Östrogene* - sehr schnell in männliche Hormone umwandeln. Der umgekehrte Prozess dauert aber wesentlich länger, weil mit dem Testosteron (ich meine natürlich das Krellsche Gegenstück dazu) gleichzeitig noch andere Hormone abgebaut werden müssen, die unserem Adrenalin entsprechen. Und das braucht seine Zeit."

Die Psychologie eines Mordes

"Gibt es einen Grund, warum die Krell ihr Geschlecht verwandeln?" fragte Sintermeier.

"Es hat hauptsächlich mit Hierarchie und Status zu tun. Wer einen höheren Rang haben will, kommt als Mann weiter; wer sich aus Rangkämpfen heraushalten will, ist als Frau besser dran. Aber es gibt natürlich auch noch andere Gründe."

Nach einer Weile des Schweigens, wobei die Eindrücke von dieser Lebensform erst verarbeitet werden mussten, ergriff Sintermeier das Wort. "Als Sie uns anriefen, sagten Sie etwas von einem Mord."

"Ja, das ist so eine Sache" bestätigte Madame H. mit trübem Blick. "Bei den männlichen Krell - ich nenne sie fortan *Männer* - kommt es öfter mal zu Ausbrüchen ungezügelter Gewalt, in deren Verlauf schon mal ein anderer Mann dran glauben muss. Das geschieht besonders nach einer Umwandlung, wo die Hormone sozusagen noch verrückt spielen. Das war anscheinend in dieser Angelegenheit der Fall."

"Und was geschah?"

Madame H. schwieg eine Weile und sagte dann: "Normalerweise wird ein solches Ereignis übergangen. Es gibt, wie bei uns in Uraltzeiten, eine Kompensation von Seiten der Angehörigen des Totschlägers (richtige Morde kommen nicht vor), aber die Krell kennen keine Polizei, keine Gerichte, keine Aufklärung."

"Was haben wir dann dort verloren?"

"Das unerfreuliche Ereignis fand in der Botschaft der solaren Kongregation statt, und da sind wir zuständig. Um interstellare Komplikationen zu vermeiden, soll also der Fall von einer irdischen Institution geklärt werden."

"Und dabei haben Sie an uns gedacht!"

"Ich nicht," entgegnete Madame H. beleidigt und sah verachtungsvoll über die Männer hinweg, "aber meine Vorgesetzten."

"Sehr nobel." murmelte Sintermeier.

"Sehr vernünftig." sagte Wittgenfels.

"Sie werden sich schwer tun" sagte Madame H. mit klammheimlicher Freude. "Die Krell wissen, wer der Täter ist, werden es aber nie sagen. Sie werden überhaupt nichts sagen, dazu sind sie auch nicht verpflichtet. Mehr noch: Die Krell kennen keine individuellen Bezeichnungen. Selbst wenn Sie den Täter ermitteln, wissen Sie nicht, wer es war. Und Sie können die beteiligten Krell auch nicht unterscheiden, außer an der Hautfarbe - aber die kann wechseln, wie ich Ihnen schon erklärte."

"Wie sollen wir dann irgendetwas erreichen?" fragte Sintermeier, leicht entgeistert.

"Wir haben vorgearbeitet." antwortete Madame H. mit leichtem Missmut. "Unseren Technikern ist es gelungen, wenigstens die Identität der vier Personen, die als Totschläger in Frage kommen, zu orten. Fragen Sie mich nicht wie, es war ohnehin illegal. Aber wenigstens haben wir jetzt eine Individuenkonstanz, wenngleich keine Namen. Aber die brauchen Sie ohnedies nicht. Es genügt, dass Sie herausfinden, wer von den vieren es getan hat: A, B, C oder D." Und sie fügte hinzu: "Viel Erfolg!", wobei sich ihr rechter Mundwinkel (von ihr ausgesehen also ihr linker) wieder sarkastisch nach unten verzog.

Die Vorfälle in der Botschaft

Um die grafische Darstellung zu vereinfachen, verwenden wir fortan nicht die Farben rot (männlich) und grün (weiblich), sondern die bekannten biologischen Symbole ♂ (Mars, männlich) und ♀ (Venus, weiblich). Den beiden Ermittlern - sie konnten nichts ermitteln, nennen wir sie also lieber Logiker - lagen zunächst nur die Verhältnisse 20 Minuten vor und 20 Minten nach dem Mord vor. Die sahen so aus (abgesehen vom Opfer, das sich natürlich nicht mehr verwandeln konnte):

Zeit (Minuten):	-20	+20
A	♂	♂
B	♀	♀
C	♀	♀
D	♂	♂

Es entspann sich folgender Dialog:

- Wenn wir rein nach den Regeln der Wahrscheinlichkeit vorgehen, dann wären A und D Hauptverdächtige, denn sie sind zweimal männlich.

- Ja, aber so dürfen wir hier nicht denken. Nach dem, was wir erfuhren, können alle vier den Mord begangen haben.

- Stimmt. Alle konnten sich beliebig verwanden, Zeit dazu war in allen Fällen genug. Also kommen auch B und C in Frage.

- So kommen nicht weiter.

- Was sollen wir da tun?

- Ermitteln. Hat die Dame nicht gesagt, es gäbe sowas wie Videokameras? Vielleicht kriegen wir doch noch ein Bild, aus dem wir ein paar Informationen saugen können?

Und so geschah es. Zufällig war eine Aufnahme 10 Minuten nach dem Mord vorhanden. Sie sah so aus:

Zeit (Minuten):	10
A	♀
B	♂
C	♀
D	♀

"Jetzt ist alles klar." sagte Wittgenfels.

"Zumindest uns." sagte Sintermeier.

Auch dir, lieber Leser?

Die Lösungen

Der harmonische Tangoabend

Die einzigen Kombinationen, die alle Vorlieben und Abneigungen beachten, sehen so aus:

Joachim + Elvira
Christian + Flora
Jochen + Amelie
Alfons + Christiane
Albert + Christine

Das Auge Jupiters

Der Täter war der Fotograf Nikos Dionysos. Da beide Bewohner Kallistos den Kopf schwarz gesehen hatten, musste er laut Tabelle grün sein. Bleiben übrig 1,2 und 4. Ein rot gesehener Oberkörper muss rot oder purpur sein, bleiben also übrig Nr. 2 und 4. Und "wuxel" Beine sind schwarz, bleibt übrig Nr. 4, also der Fotograf.

Panik im Zoo

Ammoniter und Hohlblaser haben gemeinsam das Attentat verübt. Die Ammoniter machten sich dünn und krochen durch die Schleusen-Öffnung der Hohlblaser, in deren Atmosphäre aus Methan sie bis zu drei Stunden existieren konnten. Die Hohlblaser rollten zur Tür, wo die Ammoniter ihre Tentakel durch die Schleuse steckten und das Schloss öffneten. Auf die gleiche Weise wurden die Zerstörungen vorgenommen. Alle anderen Kombinationen kommen aus atmosphärischen oder sonstigen Gründen nicht in Frage.

(1) Abel zieht zwei Paar Handschuhe an, so bleiben 2 Flächen steril (blau: innen, rot: außen):

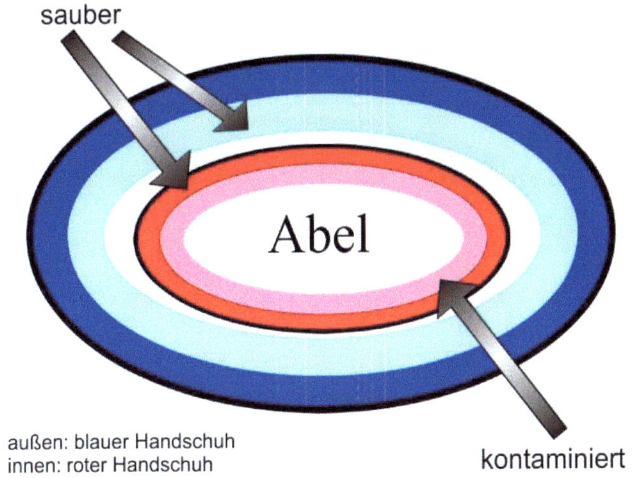

(2) Berta zieht die blauen Handschuhe an, die sind innen steril:

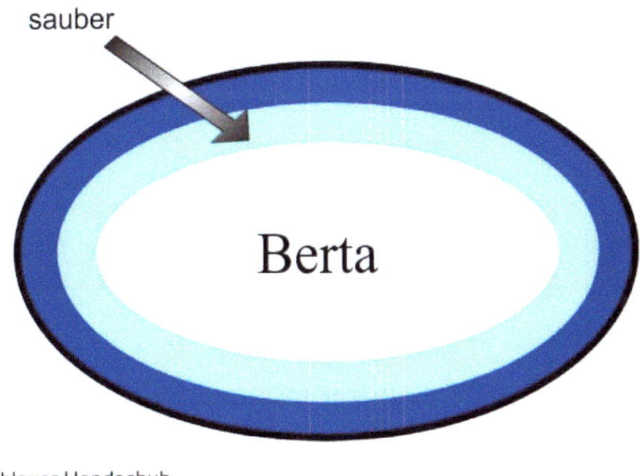

(3) Cäsar stülpt den roten Handschuh um, sodass die sterile Außenfläche jetzt zur Innenfläche wird und auf seiner Hand liegt. Darüber zieht er den blauen Handschuh an. Merke: Die Außenseite des blauen Handschuhs hatte immer nur Kontakt zur Patientin, sodass sich deren Infektionszustand nie ändert!

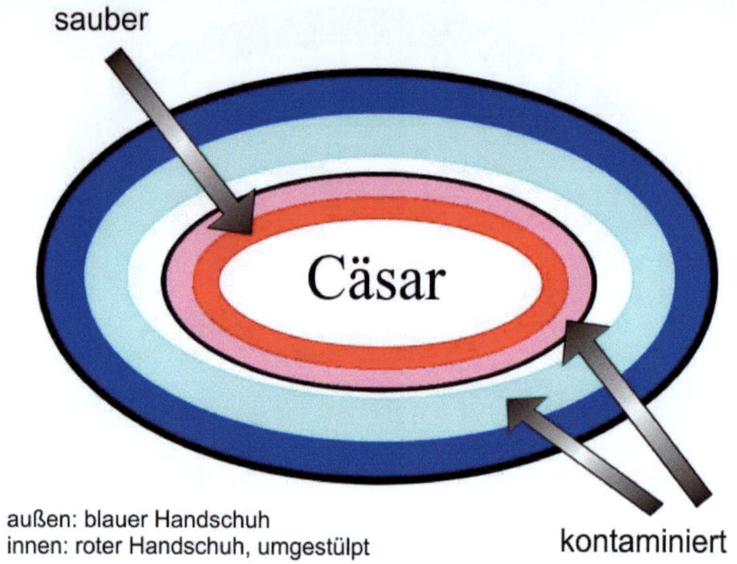

außen: blauer Handschuh
innen: roter Handschuh, umgestülpt

Der Robotermord

Der **Roboter** sagt immer die **Wahrheit**, vorausgesetzt, er schädigt den Menschen nicht.

Der **Mensch lügt** immer, wenn es ihm hilft.

Frage 1: Bist du ein Roboter? Wird in beiden Fällen mit "ja" beantwortet.

Frage 2: Ist dein Nachbar ein Roboter? Wird in beiden Fällen mit "nein" beantwortet.

**Wenn ich deinen Nachbarn
fragen würde: "Sagst du
(Angesprochener)
immer die Wahrheit?"
würde er dann mit JA antworten?**

Der Roboter sagt immer die Wahrheit, sein Nachbar aber würde es leugnen, also NEIN.

Der Mensch lügt immer, was der Roboter sagen würde (also NEIN), aber weil der Mensch lügt, sagt er JA.

Von der Erde zum Mond

Hier sind die Fehler:

(1) Ein Raumschiff betritt man nicht über eine Leiter, sondern durch einen Lift.

(2) Ein Raumschiff wird nicht durch den Piloten gestartet, sondern von der Bodenstation aus.

(3) Die Rakete erhebt sich nicht mit einem gewaltigen Stoß, sondern ganz langsam. Erst dann gewinnt sie an Geschwindigkeit.

(4) Im Weltraum funkeln die Sterne nicht, da ihr Licht von keiner Atmosfäre abgelenkt wird.

(5) In der Schwerelosigkeit kann keine Kerze brennen, da CO_2 nicht abtransportiert wird und die Flamme sozusagen in ihrem eigenen Abfall erstickt.

(6) In der Schwerelosigkeit kann man nicht "kriechen".

(7) Hinter einem Sack Spaghetti ist kein Platz für eine Bombe.

(8) Im Weltall hört man nichts, also auch keinen dumpfen Knall.

(9) "Im Mondstaub versunken" war ein Roman von Arthur C. Clarke. Es hat sich aber gezeigt, dass es auf dem Mond keinen Staub gibt.

(10) Ein Sprung aus 10 m Höhe auf dem Mond entspricht ein Sprung aus 1,7 m Höhe auf der Erde. Das wäre theoretisch möglich, nicht aber mit einem schweren Raumanzug und der Gefahr einer lebensbedrohlichen Beschädigung desselben.

(11) Da der Mond der Erde immer die gleiche Seite zeigt, kann diese auch nicht "aufgehen". Sie ist bezüglich eines festen Standpunkts immer an der gleichen Stelle.

(12) Ohne Atmosfäre gibt es für Meteoriten keine Leuchtspur.

Wissenschaft oder Aberglaube?

Alle Wissenschaften sind echt, bis auf (4). Bleiben wir gleich dabei:

Im Jahre 1948 arbeitete der Science-Fiction-Autor *Isaac Asimov* an seiner Dissertation über ein chemisches Thema. Als eine Art Erholung schrieb er eine Parodie auf wissenschaftliche Publikationen mit dem Titel "The Endochronic Properties of Resublimated Thiotimoline". Der Beitrag erschien in dem Science-Fiction-Magazin *Astrounding Science Fiction* im März 1948. Um nicht gleich die Lösung anzubieten, habe ich den Namen der seltsamen Substanz ein klein wenig geändert.

Jetzt zu den einzelnen Wissenschaften:

(W1) **Psychoanalyse**. Ob man sie als Wissenschaft bezeichnen kann, darüber streiten die Gelehrten. Jedenfalls sind ihre Konzepte, wörtlich genommen, ein wenig seltsam, besonders dann, wenn das Konzept "Seele" nicht bekannt ist.

(W2) **Schwarze Löcher**. Die Eigenschaften dieser hypothetischen Gebilde sind derart paradox, dass man sich nur wundern kann, welcher Wissenschaftler einen solchen Unsinn glaubt. Ihre "Entdeckung" (mit Nobelpreisen ausgezeichnet) beruht auf echten "Fake News", denn die Auflösung der Instrumente ist gröber als das angeblich entdeckte kosmische Gebilde. Mehr dazu in meinem Buch *Reise ins Ungewisse. Gravitationswellen und Schwarze Löcher*.

(W3) **Evolution**. In den meisten Büchern über die Entwicklung der Lebewesen wird die Natur oder die Evolution als eine Art denkendes Wesen hingestellt. Zudem gibt es in der Evolutionsbiologie Konzepte, die noch erstaunlicher sind als die Annahme einer intelligenten Entwicklung. Beispielsweise hat der anerkannte Biologe *Richard Dawkins* die Existenz von "egoistischen Genen" postuliert. Diese Gene müssen also nicht nur Bewusstsein haben, sondern auch einen Willen, denn sie beeinflussen ganz bewusst und gezielt die Entwicklung des Lebens!

(W4) **Chemie**. Asimovs Scherz. "Zeitkristalle" gibt es wirklich, aber sie haben nichts mit Zeitumkehr oder Hellsehen zu tun.

(W5) **Quantenphysik**. So werden tatsächlich die Erscheinungen beim Doppelspaltversuch von der "orthodoxen" Quantenphysik erklärt. Doch diese Art der Erklärung versagt völlig bei den seltsamen Experimenten mit "verzögerten Entscheidungen". Mehr dazu hier in meinem Buch *Das Rätsel der Quanten ... und seine Lösung!*.

Der vorhersehbare Unfall

Die Macher:

Wenn das Opfer auch irgendein Talent hat (was sich später herausstellte), kann der Flusser nicht ein Täter sein. Bleiben Flitzer und Schieber. Wenn aber vor dem Opfer (auf dem Steg) ein anderer stand, kann der Flitzer dem Opfer keinen echten Schubs gehen. Bleibt nur der **Schieber**.

Die Seher:

Wenn der Riecher die Wahrheit sagt (der einen starken Gefühlsimpuls in der Nähe wahrnahm), dann muss einer der Macher ein Täter sein.

Wenn der Roboter die Wahrheit sagt, wogegen nichts spricht, da keine Beziehung zu den anderen Personen feststellbar ist, dann muss das Opfer, bevor es fiel, kurz angehalten haben.

Wenn der **Deuter** eine geringfügig andere oder unvollständige Version von sich gibt, heißt dies, dass er nichts wirklich gesehen hat, was wiederum bedeutet, dass er selbst involviert war, als Mittäter.

Die Außerirdischen sind unter uns!

Nicht infiziert sind: Fritjof, John, Dona, Olga, Rosie
Infiziert waren: Anna, Pierre, Boris, Akira, Sniff

Leben wir in der Matrix?

Alfons hatte *kein* echtes deja-vu. Er sah einen "eckigen Kleinwagen", aber ein Fiat Punto ist modern und rund. Das Hellblau des Wagens kann nicht mit dem Dunkelblau der Straßenbahn verschmelzen. Und der Insasse war nicht blutüberströmt wie in der angeblichen Erinnerung.

Bei Barbara ist eine falsche Erinnerung vorhanden: Sie hatte anscheinend *zweimal* das Shampoo gekauft, abgerechnet wurde es aber nur einmal, d.h., es war nur eine Dose im Einkaufswagen. Also lag eine Mini-Zeitschleife vor: Barbara erlebte den Vorgang zweimal, in Wirklichkeit fand er nur einmal statt.

Bei Canisius klafft zwischen 17:30 und 21 Uhr eine Erinnerungslücke.

Es gibt insgesamt also zwei Hinweise auf eine mögliche Matrix.

Die Zeitmaschine

Dr. Kork dozierte nicht, er machte aus der Aufklärung ein Frage-Antwort-Spiel. "Was fällt euch bei der ersten Episode auf?"

"Klang alles ziemlich echt." "Die Kleinigkeiten kann ich nicht überprüfen. Aber hat Napoleon wirklich seine Gattin gekrönt? Ich dachte, *er* wäre dran."

"Es kling alles fast schon zu pompös" dozierte Kork, "aber so war es wirklich. Den Aufzeichnungen kann man trauen, den Gemälden ebenfalls. Uns geht es auch nicht darum, wie es *wirklich* war, sondern ob die Darstellung historischer Ereignisse korrekt sein könnte oder durch Mythen verfälscht wurde."

"Also war dies die Episode, wo alles stimmt?"

"Nein" entgegnete Dr. Kork und blickte finster in die Runde. "Ein Detail ist völlig falsch: Napoleon war *nicht* klein."

"Was? Aber das steht doch überall?" "Ja eben, und was ist mit dem berühmten Napoleon-Komplex? Den gibt es doch nur bei Männern, die zu klein sind für ihre politische Größe!"

Dr. Kork hub an zu einer großen Rede: "An dem Mythos sind die Engländer schuld. Erstens haben sie die französischen Längenmaße wörtlich übernommen - aber die maßen anders, und so wurde der Kaiser kleiner als er war. Eine Größe war er nicht - ein Meter siebzig sind nicht viel, für die damalige Zeit aber normal.

Zweitens diente es der englischen Propaganda. Die sehr fleißigen englischen Karikaturisten, vor allem Gillray, haben ihn oft als Zwerg dargestellt, und dieses Bild ist uns erhalten geblieben. Drittens schließlich förderte Napoleon selbst eine optische Täuschung: Er umgab sich gern mit hochgewachsenen Grenadieren. So sah er kleiner aus als er tatsächlich war."

"Kommen wir zu den Kathedralen" fuhr Kork fort. "Was haltet ihr davon?"

"Alles falsch." "Da ist nichts Heiliges drin." "Clowns in der Kirche!" "Huren an der Haustür!" "Sterbende Säuglinge im Müllhaufen!" "Picknick vor dem Altar!"

"Und - haben wir Recht?"

"Ganz und gar nicht!" rief Dr. Kork, und seine Augen glühten. "Bei dieser Schilderung ist alles richtig! Und glaubt nur nicht, das Mittelalter sei verkommen gewesen. Denkt daran: Damals badeten Männlein und Weiblein nackt - nur die Damen behielten ihre Kopftücher auf - in großen Bottichen. Wenn Sie als Mann sich in einem Hotelzimmer einmieteten, war der Zimmer-Service durch eine junge Maid inklusive - in jeder Lage, Sie verstehen. Und eine Kathedrale war keine Stätte der Meditation, sondern ein Versammlungsort."

"Aber doch nicht für Clowns und Akrobaten und Tänzer!"

"Alles, was außen stattfand, konnte sich auch nach innen verlagern. Innen und außen gab es alles, was das Leben im Mittealter so ausmachte. Unerwünschte Neugeborene wurden auf dem Müllhaufen entsorgt, wo sie unter jämmerlichem Geschrei verdursteten, wenn sie nicht vorher von wilden Hunden gefressen oder von Männern gezielt als zukünftige Sklaven aufgesammelt wurden. Die Kathedrale selbst war eine Mischung aus Herberge und Allzweckhalle. Deswegen gab es dort auch alles: Versammlungen, Theaterstücke, Bälle, Picknick, Übernachtung. Ach ja: Öffentliche Toiletten waren im Mittelalter unbekannt."

"Aber die Heiligen in der Kirche und die Huren am Portal?"

"Die Damen des lockeren Gewerbes begleiten Könige, Kaiser und Päpste. Ihr Ansehen entsprach in etwa dem der Sozialarbeiterinnen unserer Zeit, und so wurden sie auch gesehen."

"Und wo bleibt die christliche Moral?"

"Die christliche Moral verbot Frauen, auf der Bühne zu singen. Sie verbot aber nicht, Knaben zu kastrieren, die dann Frauenstimmen hatten, wenn sie die Prozedur überlebten, was in mindestens der Hälfte der Operationen nicht der Fall war."

Nach einer kurzen Pause erschütterten Schweigens fuhr Dr. Kork fort:

"Ist euch etwas aufgefallen bei der römischen Hinrichtung eines Nicht-Römers? Es könnte Jesus gewesen sein, aber wer weiß das schon."

"Sie entspricht den biblischen und ikonographischen Darstellungen." "Ja, aber das sollte uns misstrauisch machen. Hab ich von Dr. Kork gelernt."

"Richtig!" Der Historiker strahlte wie ein Lehrer, dessen Lieblingsschüler soeben seine Gedanken (die des Lehrers) brillant wiedergegeben hatte. "Vieles mag stimmen, zwei Dinge aber nicht.

Erstens kann das Gesicht von Jesus nicht langgezogen und auch nicht bleich gewesen sein. Richard Neave von der Universität Manchester, ein Experte für die Rekonstruktion von Gesichtern auf Grund des Schädelskeletts, umgab einen Schädel aus Jerusalem aus dem 1. nachchristlichen Jahrhundert mit Schichten aus Lehm. Heraus kam ein gedrungener Kopf mit dunkler Hautfarbe und Locken. So jedenfalls sahen Juden aus Palästina damals aus, und nirgendwo wird erwähnt, das Aussehen Jesus' wäre völlig anders gewesen. Der Mann war nun mal kein blonder, blauäugiger, langschädeliger Germane. Das wäre allen Berichterstattern aufgefallen."

"Aber die Kreuzigung? Die wird doch überall so geschildert?" "Eben. Und es gab schließlich Zehntausende dieser Vorfälle in der gesamten Antike, da wird es doch wohl Fakten dazu geben?"

"In der gesamten Antike finden wir keine einzige konkrete Schilderung dieser grässlichen Hinrichtungsart, und keine einzige bildliche Darstellung."

"Na gut, aber was spricht denn dagegen, dass christliche Maler den Tod Christi korrekt gemalt haben?"

"Drei Gründe. Überlegen Sie mal: Nach dem Sklavenaufstand unter Spartakus wurden nach zeitgenössischen Berichten 6000 Aufständische entlang der Via Appia gekreuzigt. Beim jüdischen Aufstand 70 v. Chr. gab es 500 Kreuzigungen pro Tag - und das mehrere Monate lang! Glauben Sie wirklich, die Römer hätten Zeit und Material genug gehabt, dieses Massaker in kurzer Zeit hinzukriegen? Oder die Muße, das Kreuz an Ort und Stelle zusammen zu bauen?"

"Aber sie werden doch die Leute nicht an die Mauer oder an Bäume genagelt haben."

"Nein, die Leute wurden an einem *Andreaskreuz* befestigt. Das sieht aus wie ein flaches "x" und wurde an einen Baum oder an eine Mauer gelehnt."

"Und was war der zweite Grund?"

"Man fand in Jerusalem die Übererste eines gekreuzigten jüdischen Königs. Es handelte sich um Antigonos den Hasmonäer, der auf Befehl von Marcus Antonius 37 v.u.Z. erst enthauptet, dann gekreuzigt wurde. Dabei wurde etwas Seltsames entdeckt: Seine Hand wurde zwischen Zeige- und Mittelfinger an einen Arm des Kreuzes genagelt, aber von *hinten*. Was bedeutet: Er hätte niemals daran *hängen* können. Der kleine Nagel diente ausschließlich dazu, ihn zu fixieren. Er konnte sich nicht vom Kreuz lösen, und Nägel durch die Fersen unterstützten das."

"Aber die Römer hätten doch bei besonderen Anlässen einen Verurteilten am Querbalken aufhängen können."

"Da gab es Experimente in Jerusalem, natürlich nicht wirklich. Ob mit Nägeln oder mit Seilen befestigt - abgesehen vom Aufwand, die Delinquenten wären zu früh gestorben. Und die Römer hatten Freude daran zuzuschauen, wie jemand drei Tage lange qualvoll stirbt."

Nach einigem düsteren Schweigen kam die Frage: "Und der dritte Grund?"

"Im Johannes-Evangelium 19,29 heißt es: *Sie füllten einen Schwamm mit Essig und steckten ihn auf ein Ysoprohr und hielten es ihm an den Mund.* Der Ysop ist ein kleines Mauergewächs - wie soll man damit den Mund eines weit oben hängenden Delinquenten erreichen?"

"Aber warum sehen wir auf den Gemälden nichts mehr von dem Andreaskreuz? Und warum hat sich dann diese christliche Ikonographie durchgesetzt, mit dem I- oder T-Kreuz?"

"Das Andreaskreuz ist noch zu sehen in dem christlichen Symbol, ein X vor einem P, in griechisch: chi und rho, also die Anfangsbuchstaben von 'Christus'. Dass sich das andere Kreuz in allen Bildern durchgesetzt hat, liegt an Konstantin, der angeblich die Botschaft erhalten hatte: In diesem Zeichen wirst du siegen. 'Dieses Zeichen', das er sah, war aber das, was wir heute als Hinrichtungsgerät annehmen. Außerdem sieht es majestätischer aus, trotz des grausamen Zwecks, als ein flaches x."

"Man lernt nie aus." sagte Wittgenfels. "Wie anders die Welt doch ist, als wir so glauben." meinte Sintermeier.

Sie verabschiedeten sich dankend und gingen nachdenklich nach Hause.

Mann oder Frau

Das endgültige Schema der Geschlechter sieht so aus:

Infos Reihenfolge	1	4	3	2
Zeiten (min) →	-20	0	+10	+20
A	♂	♀	♀	♂
B	♀	♂	♂	♀
C	♀	♀	♀	♀
D	♂	♀	♀	♂

Der Mord musste von einem Mann begangen worden sein. Zwischen den Zeiten 0 (Mordzeit) und +10 Minuten könnte sich kein Mann in eine Frau verwandeln. Also bleibt nur B als Mörder.

Gabriels Horn

oder

Pater Brown und die Apokalypse

Eine Detektivgeschichte, mit Reverenz an *Gilbert Keith Chesterton*.

Alle waren sich einig: Die Erde musste vernichtet werden, und Gabriel sollte mit seiner Fanfare die Apokalypse einleiten. Doch das Instrument war plötzlich verschwunden - und das war ganz und gar unmöglich!

Der Engel der Aufforderung

Als Pater Brown den seltsamsten Fall seines literarischen Lebens übertragen bekam, hätte er nicht gedacht, wie stark sein bisher so gefestigtes Weltbild ins Wanken geraten würde. Seine Nachforschungen bezüglich der verschwundenen Posaune eines bestimmten Engels brachten ihn mit Zweierlei in Kontakt: mit Mathematik, die er, wie jeder anständige Mensch, verabscheute; und mit Gott, den er, wie jeder gläubige Mensch, verehrte. Beide Konfrontationen entsetzten ihn: die mit der Mathematik, weil sie seine Vorurteile bestätigte; und die mit Gott, weil sie das Gleiche tat.

Als guter Katholik war Pater Brown dem bildhaften und leicht naiven Denken seines Glaubens verbunden. Schöne Worte und abstrakte Begriffe interessierten ihn weniger als Fabeln, Parabeln und der Blick ins Innerste des Menschen. Deswegen wurde er ja Detektiv. Auch seine Vorstellungen von Gott waren, er musste es zugeben, eher kindlicher Natur, kompatibel mit den hübschen bunten Zeichnungen seines Katechismus. Dort gab es Darstellungen von Gott, die man, ins Moderne übersetzt, am besten als "Michelangelo light" bezeichnen würde. Gott war ein stattlicher Mann, aber kein künstlerischer Kraftkerl; ein gütiger Patriarch der viktorianischen Epoche, kein machthungriger Herrscher der Renaissance; ein eher wohlwollender Vater, kein strafender Richter. Und genauso sah der Weltenschöpfer dann aus, als ihm Pater Brown sozusagen von Angesicht zu Angesicht gegenübersaß.

Doch zunächst fing alles ganz harmlos an. Pater Brown saß an seinem Pult und verfasste die Predigt für nächsten Sonntag. Als Thema wählte er die Johannes-Apokalypse, also die ebenso symbolträchtige wie unverständliche Schilderung des biblischen Weltuntergangs. Das

Kaminfeuer flackerte beruhigend, wurde allerdings (was Pater Brown nicht bemerkte) immer dunkler, und die Wärme umhüllte den einsamen Bewohner der kleinen Stube wie ein weihnachtliches Schaffell.

Wohlig gewärmt nickte der kleine Priester kurz ein, und als er wieder aufwachte, stand ein engelgleiches Wesen vor ihm, eine jugendliche, ätherische Erscheinung, deren Geschlecht nicht zu identifizieren war. Pater Brown hatte nicht gehört und nicht gesehen, wie der luftige Besucher sein Allerheiligstes betreten hatte, was er auf sein nachlassendes Gesicht plus Gehör zurückführte. Auch auf die Gefahr der Wiederholung sei es gesagt: Das engelgleiche Wesen sprach mit engelgleicher Stimme:

"Ich bin gesandt worden, euch abzuholen zu einem Fall, der nur von euch gelöst werden kann und in allerkürzester Zeit auch gelöst werden muss." Dann schwieg das Wesen, streckte Pater Brown eine Hand hin und wartete auf dessen Reaktion.

Pater Brown, der stets das Unerwartete im Alltäglichen fand, musste sich damit abfinden, dass das wirklich Unerwartete so alltäglich einherkam, als ob es jeden Tag geschah bzw. geschehen konnte. Und da er als gläubiger Katholik die Existenz von Wundern weder leugnen konnte (noch durfte) (noch wollte), blieb ihm nichts anderes übrig, die Dinge so zu sehen, wie sie erschienen, aber eigentlich nicht sein konnten: nämlich als Einbruch des Göttlichen ins Alltägliche. Etwas, das Pater Brown immer gepredigt und insgeheim auch für sein eigenes, eher dröges Leben erhofft hatte. Nun stand er da. Seine geheimen Wünsche waren in Erfüllung gegangen - oft das Schlimmste, was einem Menschen zustoßen kann.

So ergriff er die Hand des mädchenhaften Jünglings in der weißen Toga und konnte gerade noch flüstern: *Mein Regenschirm!* Doch die Engelsgestalt sagte nur: "Da, wo wir hingehen, brauchst du keinen Schirm." Woraus Pater Brown seufzend schloss, dass der Himmel nicht in England sei und England nicht im Himmel. *Ist auch nicht nötig*, dachte er; *sein Land konnte mit Fug und Recht als Paradies bezeichnet werden, und wer dort wohnt, braucht keinen Himmel.*

Den Rest der Geschichte wollen wir nur andeuten, denn eine "Himmelfahrt" zu beschreiben steht uns nicht zu, zumal uns dafür auch die Worte fehlen, da alle Menschen, die sie erlebt haben (also alle Verstorbenen) nicht mehr darüber berichten können. So viel sei gesagt: Das mit dem Lichttunnel stimmt nur teilweise, aber die Führer durch diesen Tunnel gibt es wirklich, zumindest im Fall des Pater Brown, der hatte ja sein knabenhaftes Mädchen mit den langen blonden Haaren. Am Ende der - eher gemächlich scheinenden Reise - erreichten die beiden ein riesiges Gebäude mit unzähligen Gängen, gigantischen Fenstern und wieselnden Massen menschenähnlicher Wesen. In den Gängen schwirrten - so erschien es unserem irdischen Besucher - Massen monströser weißer Fledermäuse mit abweisenden Menschengesichtern. Hinter den Fenstern sah er Wolken aus blauer Seide, die sich im Wind wölbten und weitere gigantische Gebäude zu umschließen schienen. Das Gewirr an Stimmen, Tönen, Geräuschen, musikalischen Fragmenten und pompösen Orgeltönen erinnerte ihn an das Ende einer seiner Messen. Nur dass es dort - im kleinen Dorf, wo er üblicherweise seinem beschaulichen Beruf nachging - wesentlich gesitteter zuging.

Schließlich landeten die beiden in einem kahlweißen Zimmer, dessen Wände aus Licht zu bestehen schienen. und das äußerst kärglich ausgestattet war: Es gab im Prinzip nur Licht, nicht mal Wände. Dennoch war das kubische Gebilde von der Umwelt abgeschlossen, aber weder gemütlich noch beschützend. Nur lichtdurchflutet, extrem sauber und kalt. *Der Himmel kann warten,* dachte Pater Brown. *Das hier sieht mir mehr nach Fegefeuer aus. Obwohl, zu fegen gibt es hier nichts mehr, und von der vollkommenen Gegenwart und Liebe Gottes, die hier schon fühlbar sein sollte, bin ich wohl noch weit entfernt. Aber vielleicht fehlt mir auch die richtige Demut.*

Seine Begleitung schien die Gedanken des irdischen Besuches zu erraten, denn sie sagte mit sanfter Stimme: "Es wird alles so, wie Sie es gewohnt sind. Und da ich selbst auch nur eine Maske bin, können Sie sich wünschen, dass ich zu einem Begleiter Ihrer Wahl werde."

Das ließ sich Pater Brown nicht zweimal sagen, und in der ihm eigenen beharrlichen Bescheidenheit sagte er: "Ich wünsche mir mein Arbeitszimmer als Behausung, und meinen alten Freund Flambeau als Begleiter." Und so geschah es: In der Zeit eines Wimpernzuckens waren Licht und überirdische Ordnung verschwunden. Pater Brown saß in seiner Dämmerhöhle auf seinem knarzenden Stuhl (das rechte Hinterbein würde demnächst der göttlichen Kraft entsagen und der irdischen Schwerkraft nachgeben), vom Schreibtisch verhöhnte die gewohnte Unordnung seinen ansonsten so klaren Verstand, vor ihm lag die zerschlissene Bibel, und hinter ihm dröhnte eine bekannte Stimme: "Brown, Mensch Brown, du alter Tattergreis, wo hast du denn die ganze Zeit gesteckt?"

Pater Brown drehte sich um, und ein Turm von Mensch stand vor ihm, nein, nicht *ein*, sondern *der*: Sein alter Freund Flambeau hob ihn aus dem Sessel (der nun endgültig einknickte), drückte ihn an seine umfangreiche Brust und setzte ihn dann vorsichtig auf dessen Schreibtisch ab, denn sonst war keine Sitzgelegenheit in Pater Browns Pseudostube.

Dies, dachte Pater Brown, war der Tagtraum eines Menschen, den die Hybris gepackt und in verbotene, ja geradezu sündige Gedankenwelten getrieben hatte. Anstatt weiter an der Predigt zu feilschen, hatte der Diener Gottes eine Weile seinen Verstand verloren, indem er ihm freien Lauf ließ, und so hatten sich Gedanken einer gottähnlichen Bedeutung breitgemacht, die eines demütigen Katholiken unwürdig sind. *So ergeht es dem Bescheidenen*, dachte Pater Brown, *der immer bescheiden bleiben will und nicht zugeben kann, dass auch in ihm der Teufel des Hochmuts steckt* - jener Hochmut, den der kleine Priester bei anderen instinktiv sofort erfühlte, bei sich selber aber verleugnete. Pater Brown wollte gerade schuldbewusst - er wollte irgendetwas tun, als sein Gegenüber zu ihm sagte: "Kein Traum, keine Sünde. Du bist tatsächlich hier, wo alles begann und enden wird. Nur - es wird nicht enden, und du sollst dafür sorgen, dass die Welt doch untergeht."

Das hab ich davon, dachte Pater Brown, *jetzt redet Flambeau so wie sonst ich, kryptisch und paradox*. "Nun halt mal die Luft an" sagte Flambeau in seiner direkten, derben, proletarischen Art. "Lass dir erzählen, was los ist, die himmlischen Heerscharen brauchen dich tatsächlich. Ohne dich geht die Welt *nicht* zugrunde, und das muss sie, laut Vorsehung."

So erfuhr Pater Brown, dass das "Gremium" beschlossen hatte, die Apokalypse auszurufen. Die Welt war nicht mehr in Ordnung, eine Strafe a la Sodom und Gomorrha reichte nicht mehr. Der Mensch hatte die ihm übergebene Welt fast vollständig ruiniert. Ließe man ihn noch einige Jahre schalten und walten, wäre die schöne Schöpfung Gottes endgültig dahin. Also blieb nur das Weltengericht, der endgültige Untergang, nicht wegen sündigen Verhaltens (das auch), sondern aus reiner Notwehr: Existierte die Erde nicht mehr als lebendes Wesen, hätten Gott und all die Heerscharen, die Ihm zu Dienste waren, ihre Existenzberechtigung verloren. Und das wollte niemand. Nochmal von vorne anfangen ging nicht, dazu war der "Alte" (wie er leider immer öfter respektlos genannt wurde) zu schwach. Seine Kreativität hatte sich in der Organisation, Gestaltung und Durchführung des Urknalls aufgebraucht (*Von was?* warf Pater Brown entgeistert dazwischen), und im übrigen lasse man den Weltenschöpfer auch schon seit längerem in Ruhe, zumal Er sich nicht mehr um die Belange der von Ihm geschaffenen Lebewesen kümmere. Ein "Gremium", eine Art Verwaltungsrat der obersten Engel und sonstigen gottähnlichen Mächte, hatte die faktische Herrschaft übernommen, wie es der neuen Zeit angemessen war. Ob Luzifer Aufsichtsratsvorsitzender des Gremiums geworden war, konnte Pater Brown nicht herausfinden; ungeachtet dessen war ihm klar, dass Seine Herrlichkeit weder herrlich noch die Seine war. Der Weltenschöpfer hatte sich in den äußersten Winkel seiner Welt zurückgezogen - wenn man in einem unendlichen Universum überhaupt von "Winkeln" reden kann - wo Er seine Tage und Nächte in ewiger Kontemplation verbrachte und nicht mehr ansprechbar war.

Zum Organisator des Weltuntergangs hatte man den ewigen Kämpfer gegen Dämonen und andere dunkle Wesen erwählt, den tüchtigen Erzengel Michael, dessen Schwert schon so manchen Bösewicht niedergestreckt hatte. Doch alles muss seine Ordnung haben, ein gottähnlicher Beschluss kann nur über die Einhaltung göttlicher Rituale ausgeführt werden. Und dazu gehört seine *Verkündigung*.

Für Verkündigungen war allein der sanftmütige Erzengel Gabriel zuständig, eine Tätigkeit, der es stets mit Eifer und Pflichtbewusstsein zu obliegen pflegte. Sein Verkündigungsinstrument bestand bekanntlich aus seinem berühmten Horn, einer Art Fanfare, deren Klang ebenso einschmeichelnd-melodisch wie furchteinflößend-dissonant sein konnte, je nach verkündetem Ereignis. Als demnach unser pflichtbewusster himmlischer Verkünder sein Horn aus dem gesicherten Versteck holen wollte, war dieses verschwunden. Und das ist ganz und gar unmöglich, technisch ebenso wie moralisch. Niemand würde sich an das Zeitschloss des Verstecks wagen; niemand konnte dieses manipulieren. Warum, das würde ihm, Pater Brown, der dafür zuständige Mathematiker erklären, und ansonsten hofften alle, der gelehrte Priester würde mit seiner Intuition und seinen unnachahmlichen detektivischen Fähigkeiten das Verschwinden des Horns aufklären, seine Wiederbeschaffung ermöglichen und der Apokalypse zum glücklichen Gelingen verhelfen.

Der Engel des Schwerts

Mit leichtem Unwohlsein im Herzen blickte Pater Brown seinem ersten Interview entgegen. Zwar war der kleine Priester nun endlich in jener Welt gelandet, in der er sich im Diesseits so zu Hause gefühlt hatte, dass er allen Nichtgläubigen diese Welt in lebhaftesten Farben schildern konnte. Doch als er nun, ganz unversehens, vom Diesseits der Vorstellungen ins Jenseits der Wirklichkeit katapultiert wurde, da fühlte er sich reichlich verloren. Ein Bewohner der Grönländischen Schneewüste würde sich am Meeresgrund eher zu Hause fühlen als der Priester Gottes in dessen Reich.

Seine erste Begegnung mit den himmlischen Scharen war eher glimpflich verlaufen, dank seines sensiblen, wohlwollenden, zurückhaltenden Begleiters, der sogar Gestalt und Gehabe seines besten Freundes angenommen hatte, nur um keine Unruhe des Herzens aufkommen zu lassen. Die Geborgenheit einer vertrauten Beziehung würde ihm indes bei der Konfrontation mit dem Erzengel Michael total fehlen. Schon in der Bibel - und erst recht in katholisch-katechismischen Erzählungen - wurde Michael als eher unangenehme Erscheinung beschrieben. Unangenehm für seine Feinde; von seinen Freunden war nie die Rede. Zwar stand er dem anderen Verkünder glücklicher und unglücklicher Umstände, dem Erzengel Gabriel, offenbar ziemlich nahe, doch das sagte nichts über seinen Umgang mit anderen Unsterblichen (zu denen sich Pater Brown bei aller Bescheidenheit zählte). Wer nichts anderes gelernt hat, als Befehle von oben anzunehmen und prompt auszuführen; und wer dabei zu eher aggressiven Handlungen sich gezwungen sah, der würde kaum besondere Achtung vor Individuen haben, die er nicht kannte, die nicht auf seiner Höhe der Hierarchie standen und über deren Behandlung es keinerlei Instruktionen von oben gab.

Zudem kannte Pater Brown seine Bibel, und mit Schrecken memorierte er die Beschreibung des Propheten Daniel, als dieser eines Erzengels gewahr wurde:

Und ich erhob meine Augen, und siehe, da war ein Mann, in Leinen gekleidet, und seine Hüften waren umgürtet mit Gold. Und sein Leib war wie ein Türkis und sein Gesicht wie das Aussehen eines Blitzes. Und seine Augen waren wie Feuerfackeln und seine Arme waren wie der Anblick von glatter Bronze. Und der Klang seiner Worte war wie der Klang einer Volksmenge. ... Und es blieb keine Kraft in mir, und meine Gesichtsfarbe veränderte sich an mir bis zur Entstellung. Und ich hörte den Klang seiner Worte. Und als ich den Klang seiner Worte hörte, lag ich betäubt auf meinem Gesicht, mit meinem Gesicht zur Erde.

Wie es so kommt: Pater Browns Befürchtungen wurden noch um einiges übertroffen. Pater Brown hatte Zeit seines Lebens mit unbeherrschten Männern von gewaltiger Kraft (Flambeau) und mit Mördern von großer Heimtücke zu tun gehabt, vor ihnen aber nie Angst gezeigt. Nun war die Zeit gekommen, dass sich in das große

Herz des kleinen Priesters so etwas wie himmlische Furcht schlich, als er den Erzengel und seine Umgebung wahrnahm.

Doch in dem Augenblick, als der die Erscheinung des Drachentöters - in glänzender Rüstung, ganz in Rot, mit Flammenschwert und Flammenblick - erblickte, wusste er mit dem ihm eigenen Instinkt: Da stimmt etwas nicht. Zu sehr entsprach das Bild seinen Klischeevorstellungen, zu sehr war alles, wie es sein sollte. Für Pater Brown immer ein untrügliches Zeichen dafür, dass die Wirklichkeit ganz anders war und er nach dem, was unterhalb der sichtbaren Oberfläche lag, zu forschen hatte. Aber, so kam ihm sofort ein anderer Gedanke, vielleicht gab es keine andere Möglichkeit, dass sich das Himmlische einem Irdischen eröffnet, denn wie soll letzterer das sehen, was ersterer niemals sein kann? Kurzum, Pater Brown begrüßte die gigantische Erscheinung mit der ihm eigenen bescheidenen Höflichkeit.

"Euer Ehren, ich entbiete meinen demütigen Gruß."

Die Gestalt vor ihm richtet einen Blick abgründiger Verachtung auf ihn, vielmehr, der Engel sah durch ihn hindurch und sagte mit schneidender Stimme: "Wer ist er?"

"Wer? Er? Der Weltenschöpfer?"

"Er, da unten."

"Gott ist oben".

"Ich rede nicht von Ihm, sondern von ihm!"

"Von wem?"

"Von ihm!" donnerte Michael.

"Von mir?" fragte Pater Brown.

"Er hat drei Worte, dann wird er in den Orkus geschleudert!"

Pater Brown überlegte kurz und sagte dann: "Die Apokalypse findet statt." "Durch mich." fügte er freundlich hinzu.

Das saß. Wegen der überirdischen Optik war sich Pater Brown nicht ganz sicher, dass das, was er sah, auch das war, was geschah. Doch er hatte das Gefühl, die Gestalt vor ihm schrumpfe zu normaler (wenngleich immer noch überirdischer) Größe zusammen. Der Erzengel sah ihn zum ersten Mal an und schien etwas von seiner überirdischen Arroganz verloren zu haben. "Wie das?" fragte er mit fast normaler Stimme.

"Ich bin geholt worden" formulierte Pater Brown sorgfältig, "um das Verschwinden von Gabriels Horn aufzuklären."

"Ah, das wird auch höchste Zeit, was verschwendet er dann noch seine Zeit!"

Pater Brown gab nicht auf, nicht vor diesem Schnösel, Erzengel oder nicht. "Wer?" fragte er scheinheilig, und als er als Antwort nur flammendes Schweigen erhielt, stieß er nach: "Wollen wir nicht höflich miteinander umgehen? Nur weil ich kein Erzengel bin (nicht einmal ein Engel), bin ich trotzdem ein Individuum und möchte auch als solches behandelt werden. Sonst gibt's keine Apokalypse."

Bei Gott, Entschuldigung: bei allen höheren Wesen: Der Erzengel schien sich aufzublähen. Sein Köper nahm die Form eines Fasses an, Haut und Gesicht wurden karmesinrot, und Pater Brown fürchtete, das Wesen vor ihm werde demnächst platzen. Nachdem der lebensbedrohliche vulkanische Zustand einige Sekunden anhielt, schien es, als entweiche die Luft aus einem aufgeblasenen Luftballon. Mit dem Erzengel vollzog sich eine erstaunliche Metamorphose. Er schrumpfte weiter, bis er beinahe die Ausmaße des kleinen Priesters erreicht hatte. Seine Flammenrüstung wich einem grauen Anzug, sein Schwert verwandelte sich in eine kleine Schlange, die zu seinem Hals hochkroch und sich dort als friedliche, gepunktete Krawatte niederließ, und die Füße steckten nicht mehr in unförmigen Eisengaloschen, sondern in sorgfältig geputzten und gewichsten schwarzen Schuhen.

"Mein Name ist Michael" sagte das Wesen vor ihm mit freundlicher Stimme, "das ist eine Frage und bedeutet: Wer ist wie Gott?"

"Mein Name ist Brown" sagte der kleine Priester mit freundlicher Stimme, "das ist eine Farbe und bedeutet: Wer sieht mich?" Und er dachte: *Bestimmt das Denken die Realität, oder ist es umgekehrt? Hält er sich für Gottähnlich, so wie ich mich für unscheinbar erkläre? Oder bauen wir nur unsere Illusionen von uns selber auf?*

Nachdem also dieser Schlagabtausch eine gewisse Gleichwertigkeit der beiden ungleichen Persönlichkeiten hergestellt hatte, erfuhr Pater Brown ein wenig über das, was bisher vorgefallen war. Viel geholfen hat es ihm nicht, Überraschendes war nicht dabei, Aufklärendes schon gar nicht. Das Gremium hatte den Weltuntergang beschlossen, auf Anraten von und Vorschlag durch ihn, Michael. Lange genug hatte er dem sündigen Treiben auf den Kontinenten der Erde zugesehen. Insbesondere die Sünden wider die Natur, begangen von Anhängern der abrahamitischen Religionen, also von Juden, Christen und Muslimen, hätten ihn, den gottgleichen (nur der Frage nach) sehr erzürnt. Dabei wurde der Begriff "Sünde" schon seit langem nicht mehr im kleinlichen Sinn einer Thora, eines Katechismus oder eines unzeitgemäßen Korans interpretiert. "Sünde wider die Natur" war auch nicht die Verhinderung einer Zeugung (für die Onan noch bestraft worden war), denn das Volk Israels hatte in schrecklichen Zeiten bewiesen, dass es trotz Hölle auf Erden überleben konnte, und außerdem waren ohnedies zu viele Menschen auf dieser Welt. Der Weltenschöpfer hatte die Erde nicht nur für den Menschen geschaffen. Oder wenn doch, dann für einen Menschenschlag mit Verantwortungsbewusstsein für die gesamte Schöpfung, nicht einen maßlosen Egoisten, der durch Zerstörung der Umwelt sich selbst und allen anderen Lebensformen (bis auf die Bakterien) die Lebensgrundlage entzog.

Zudem war die Weltenwende (ein euphemistisches Wort für Weltuntergang) im göttlichen Heilsplan vorgesehen, auch wenn niemand wusste, wann sie stattfinden sollte. Nur Er könnte den genauen Zeitpunkt wissen. Doch da Er sozusagen gar nicht mehr wirklich existierte und auch anzuzweifeln war, ob ihn das Schicksal seiner Schöpfung überhaupt noch interessierte, konnte niemand sagen, wann denn der göttliche Plan in die Tat umgesetzt werden sollte. Da aber alles vorherbestimmt war, musste irgendwann dem Plan die Tat folgen, und Michael meinte, der Zeitpunkt sei so günstig wie noch nie. Es gelang ihm, das Gremium davon zu überzeugen, und der Vorsitzende, eine Lichtgestalt sondergleichen, fasste den Beschluss in den Worten zusammen: "Die Zeit ist gekommen." Solche Worte waren typisch für ihn, auch wenn sonst nichts Typisches an ihm zu erkennen war. Jedenfalls gab es lange Diskussionen darüber, in welcher Form der Weltuntergang ablaufen sollte. Doch da man sich, immer noch, dem jüdisch-christlichen Glauben verbunden fühlte, wurden Daniels Offenbarungen aus der Bibel und die Apokalypse des Johannes aus den Evangelien zum Vorbild genommen. Die dort geschilderten Ereignisse sollten von einem Fachgremium begutachtet und in praktische Handlungsanweisungen umgesetzt werden - ein Unterfangen, das sicherlich einige Zeit in Anspruch nehmen würde, zumal das "mystische Gefasel" (ein Ausspruch des Gremium-Vorsitzenden) alles andere als klar war.

Doch all das scheiterte an *der* Handlung, die selbstverständlich auf jeden Fall als erste vollzogen werden musste: an der Verkündigung. Denn Gabriels Horn (eine Mischung aus Fanfare und Posaune), das Instrument der Wahl für alle Arten von Ansagen, war verschwunden. Mehr noch: Jemand hatte das wertvolle Instrument aus seinem unzugänglichen Versteck entwendet, dabei das unknackbare Schloss geknackt und das überall sichtbare, alles überstrahlende Instrument dort versteckt, wo es niemand finden konnte. Diesen Ort gab es nicht, und überhaupt, das Ganze war schlicht und einfach unmöglich.

"Und wie ist das geschehen?" fragte Pater Brown. "Da musst du den Gabriel fragen." sagte Michael.

Der Engel der Verkündigung

Pater Brown fühlte sich inzwischen nicht mehr ganz so fremd in der Welt überirdischer Mächte, zumal diese sich als mit durchaus irdischen Schwächen behaftet entpuppten. Als er deswegen den Erzengel Gabriel aufsuchte, war ihm nicht mehr bange. Die

Feuerprobe eines engelhaften Dialogs hatte er ja mit dem Teufelsbezwinger bereits bestanden.

Wiederum entsprach Gabriel erst einmal den Klischees seiner naiven Vorstellung. Er trug ein rundliches Mondgesicht auf dem Kopf und ein ziseliertes Mond-Schmuckstück um den Hals. Seine hellblaue Robe, mit Lilien bestickt, fiel locker um die weichen, etwas eingefallenen Schultern. Er saß eher zusammengesunken auf einem - Wasserbett? - und wiegte sich hin und her, wie ein angeketteter Elefant im Käfig. Sein Gesichtsausdruck war so wie der eines Kindes, das lange versucht, das Weinen wegen eines verlorenen Eisbechers zurückzuhalten, aber jeden Augenblick losheulen könnte. Abwesend sah Gabriel irgendwohin in die Unendlichkeit.

"Euer Ehren" begann Pater Brown, "ich entbiete meinen demütigen Gruß."

Keine Antwort. Vorsichtig setzte Pater Brown seinen Monolog fort. "Mein Name ist Brown, und ich bin beauftragt, euer verschwundenes Horn zu suchen."

Wieder keine Antwort. Pater Brown seufzte und stieß nach: "Ein bisschen Hilfe euerseits würde bei der Aufklärung der Angelegenheit sehr behilflich sein."

Da drehte sich Gabriel um, sah Pater Brown mit samtbraunen Augen an und sagte tränenerstickt: "Ach ich Armer!"

Dem hatte Pater Brown nichts entgegen zu setzen, und so schwieg er und überlegte, wer ihm welches Theater vorspielte. Aber vielleicht war das alles kein Theater, sondern eine sonderbare Wirklichkeit, eine Mischung aus edelsten Motiven und primitivsten Ängsten. Waren diese Engel vielleicht nur Abbilder irdischer Unzulänglichkeiten? Wo blieb dann das Göttliche? Aber Engel waren keine Götter, das wusste der schwarzgekleidete Priester. Nur, was waren sie dann und wie sollte man mit ihnen umgehen? Pater Brown verließ sich, wie immer, auf seine Intuition und fragte schlicht: "Was ist passiert?"

Ein Strom brach sich Bahn im Herzen des Erzengels, ein Schwall von Worten ergoss sich über Pater Brown, eventuell wertvolle Erkenntnisse, die der Aufklärung dienen könnten, ertranken im Meer weinerlicher Worte.

"Das ist so typisch, du musst wissen, immer muss ich die Sache ankündigen, egal was. Das mit Sodom und Gomorrha war schon schlimm genug, aber dann konnte ich wenigstens der Maria sagen, dass sie den Sohn Gottes gebären wird. Mann, hat die gestaunt! Wieso ich, hat sie gefragt, aber was sollte ich dazu sagen? Ich hab sie ja nicht ausgewählt, ich bin nur der Verkünder, mich fragt ja keiner. Wieso nicht? hab ich geantwortet und sie dann beruhigt: Es wird ihm gut gehen bis an sein Ende. Wirklich? hat sie gemeint, und ich hab nichts mehr gesagt, denn es stimmt ja, aber das mit dem Ende … Wir waren alle furchtbar traurig, auch wenn es hat sein müssen …Wo war ich stehen geblieben?"

"Nirgends" sagte Pater Brown.

"Ach ja, und vorher der Zacharias. Dem hab ich gesagt, Zacharias, hab ich gesagt, dein Eheweib (heute würde ich sagen: deine Frau, naja, vielleicht auch deine Gattin, je nach Wohnort), also hab ich ihm gesagt, deine Frau Elisabeth wird die Mutter von Johannes dem Täufer werden. Der hat gestaunt! Er hatte keine Ahnung, wer ich bin, und schon gar nicht, dass sein Sohn Täufer sein wird, wie auch, er wusste ja gar nicht, was das ist. Der wollte lieber einen Beschneider als Sohn, aber von der Sorte gibt's genügend. Wieso ich, hat er gefragt, aber was sollte ich dazu sagen? *Ich* hab ihn ja nicht ausgewählt, ich bin nur der Verkünder, mich fragt ja keiner. Wieso nicht? hab ich geantwortet und ihn dann beruhigt: Es wird ihm gut gehen bis an sein Ende. Wirklich? hat er gemeint, und ich hab nichts mehr gesagt, denn es stimmt ja, aber das mit dem Ende … Wir waren alle furchtbar traurig. Äh, worum geht es denn?"

"Um euer Horn."

"Ach ja, die verdammte Tröte. Apropos, wusstest du, dass ich den Neugeborenen zwischen Nase und Oberlippe meinen Finger drücke, um sie zu daran zu erinnern, nichts von mir zu erzählen? Das tut aber eh niemand, wie sollte er auch. Außerdem find ich das schade, dann könnten sie nämlich schildern, wie ich wirklich aussehe. Es ist unverschämt, wie die mich immer malen: mit 'nem Frauengewand und 'ner Lilie. Dabei hasse ich diese blöden Kleider, ich bin schließlich ein Mann, und Lilien riechen so abscheulich. Der Mike hat vor kurzem gesagt, ich nenne ihn Mike, weil, wir haben mal - äh, wo bin ich stehen geblieben?"

"Auf Eurer Trompete."

"Posaune, Mann, eigentlich Fanfare, auf keinen Fall ein Horn. Klingt wirklich toll, mit dem richtigen Ansatz, das muss man lernen, aber ich hab ja genügend Zeit gehabt. Wenn ich nämlich ein wenig seitlich hineinblase, dann krieg ein bisschen das Brüllen von einem Löwen hin. Dazu muss ich aber -"

"Und wo ist die Fanfare jetzt?"

"Das weiß *ich* doch nicht! Es ist eine Frechheit, ich soll den ganzen Sums anblasen, und dann ist das Dings gestohlen. Was hast du damit zu tun?"

"Ich soll es finden."

"Lass dir Zeit. Einmal Sodom und Gomorrha, das reicht. Das mit der Apokalypse, das wird reichlich unappetitlich werden."

"Aber vielleicht könntet Ihr mir helfen?"

"Ganz bestimmt nicht, ich muss mich um meine Kinder kümmern. Außerdem hab ich keine Ahnung, wie das verdammte Schloss aufgeht."

"Und wer weiß darüber Bescheid?"

"Dieser Morbius, oder wie er heißt, der Mathematiker."

"Wo finde ich den?"

"Bei uns findet niemand irgendwen, du wirst gefunden, Kleiner. Du brauchst nur laut zu rufen, na, sagen wir, 2 x 2 = 5, dann kommt er angerast. Das lässt er sich nämlich nicht bieten!"

Der Engel der Zahlen

Die Begegnung mit dem Mathematiker war wieder voller Überraschungen. Erst mal sah dieser völlig anders aus, als sich Pater Brown ihn vorgestellt hatte. Woraus dieser schloss, dass jener echt sein musste und nicht nur seiner reichen Vorstellungskraft entsprach. Für Pater Brown, der nie einen Mathematiker in seinem Beichtstuhl beherbergt hatte (Mathematiker beichten nur ihre Rechenfehler - aber nicht einem Priester) - für Pater Brown waren Mathematiker dünnleibige, hohlwangige Männer mit einer riesigen Brille und wenig Haaren. Ihr Blick ging - nach der Vorstellung des kleinen Priesters - ins Unendliche, ihre geistige Heimat, und sie sahen, seiner Meinung nach, den winzigen Ausschnitt der Welt, der für sie relevant war, mit einer ebenso verbissenen wie verrückten Hingabe.

Doch die Gestalt vor ihm sah eher aus wie ein irischer Kneipenwirt. Sie - vielmehr er - hatte dichtes dunkles Haar, war breit, fast stämmig, glich mit seinen Prankenhänden und seinem kantigen Gesicht einem Amatörboxer oder einem Vorstadtganoven. Die Augen des Mathematikers waren wach, ihr Blick eher listig denn verrückt, auf sein Gegenüber gerichtet und nicht in unzugängliche Regionen des Verstands.

"Sie sind Pater Brown?" fragte die Gestalt mit tiefer Stimme. "So ist es." entgegnete der Priester. "Und mit wem habe ich die Ehre?" "Nennen Sie mich Möbius" meinte der Mathematiker, "der Name ist wohlklingend und neutral."

"Sie legen Wert auf Neutralität?"

"Nun ja, heutzutage muss man aufpassen ... Ich nehme an, Sie wollen das Verschwinden der Posaune aufklären?"

"Von 'wollen' kann keine Rede sein. Ich wurde von höchster Stelle dazu berufen."

"Jaja, wenn die da oben einmal was beschlossen haben, dann wollen sie's auch durchziehen. Aber dass sie ausgerechnet auf Sie gekommen sind ..."

"Was finden Sie an mir so mangelhaft?"

"Ihre Mathematikkenntnisse."

"Brauche ich die?"

"Und ob! Sonst können Sie nicht begreifen, wie das Gerät verschlossen wurde."

"Aber Sie wissen Bescheid?"

"Ich habe das Schloss mit entwickelt."

"Dann wissen Sie, wie man es geöffnet hat?"

"Ich weiß, wie man es öffnen **kann**, nicht, wie es tatsächlich geschehen ist. Schon gar nicht wann, von wem und wozu."

"Ich habe mal gelesen" sagte Pater Brown, "ein Mathematiker ist ein Blinder in einem dunklen Raum, der eine schwarze Katze sucht, die gar nicht da ist."

"Mag sein" entgegnete der Mathematiker, "aber gerade für Sie, die Sie die Logik mathematischer Beweise sicherlich ablehnen, könnte der Ausspruch eines tiefgläubigen Menschen Ansporn zur Beschäftigung mit der Königin der Wissenschaften sein: *Die geometrischen Figuren sind Vernunftdinge. Die Vernunft ist ewig. Also sind die geometrischen Figuren ewig, und von Ewigkeit war das Wahre im Geiste Gottes.*"

"Wer sagte das?"

"Johannes Kepler."

"Ah, ein deutscher Protestant. Ich bin ein englischer Katholik."

"Mathematik kennt keine Glaubensgrenzen. Es gibt schließlich auch keine jüdische Mathematik, obwohl das manche behauptet haben. Außerdem sind Sie doch auch auf der Linie der Mathematiker."

"In welcher Hinsicht?"

"Der große Schweizer Mathematiker Leonhard Euler hat einmal gesagt: *Diese Wissenschaft gibt uns die zuverlässigsten Regeln, wer sich von ihnen leiten lässt, braucht sich vor Sinnestäuschungen nicht zu fürchten."*

"Ich fürchte, diese Art von Sinneseindrücken ist für meine Detektivarbeit eher nutzlos."

"Dann will ich einen Geistlichen zitieren, dessen Logik Sie sich nicht entziehen können. Nikolaus von Cues hat gesagt: *Das Wissen vom Göttlichen ist für einen mathematisch ganz Ungebildeten unerreichbar."*

"Mich interessiert das Menschliche mehr als das Göttliche" sagte Pater Brown. "Außerdem hat der große Heilige Augustinus die Mathematik verdammt. Er sagte doch: *Der gute Christ soll sich hüten vor den Mathematikern und all denen, die leere Voraussagen zu machen pflegen, schon gar dann, wenn diese Vorhersagen zutreffen. Es besteht nämlich die Gefahr, dass die Mathematiker mit dem Teufel im Bunde den Geist trüben und in die Bande der Hölle verstricken."* (Pater Brown staunte über sein eigenes Wissen. Da war irgendeine göttliche Inspiration im Spiel!)

"Ja, aber damit meinte er nicht das, was wir heute als 'Mathematiker' bezeichnen, denn die hießen damals 'Geometer'. Er meinte die Astrologen."

"Das sind diejenigen, die sich einbilden, die Zukunft voraussagen zu können. Tun *Sie* das nicht auch?"

"Und ob! Ich behaupte, meine Wissenschaft kann die Handlungen von Menschen berechnen. Wenn ich das mal bei Ihnen ausprobieren darf ... Sie denken gerade, dass ich allein derjenige sein konnte, der das Schloss heimlich öffnete."

"Gut erkannt, wirklich erstaunlich! Und was könnte ich noch denken oder tun?"

"Ja, zum Beispiel - " Und plötzlich begann der Mathematiker hemmungslos zu lachen. Er konnte sich nicht fassen, begann, seinen umfangreichen Bauch zu halten, der auf und ab wippte, und übertönte mit seinem Dröhnen jegliches himmlische Gesäusel.

"Zum Beispiel" prustete der große Mann, "als nächstes wollen Sie Ihn persönlich verhören!"

"Wie haben Sie das erraten?" fragte Pater Brown mit sanfter Stimme.

Der Mathematiker wurde abrupt ernst. "Wollen Sie mich veräppeln?"

"Nein, warum? Ist der Gedanke so außergewöhnlich?"

"Für Ihren Charakter schon."

"Welchen Charakter habe ich denn?"

"Sie wurden mir als ein Ausbund an Bescheidenheit geschildert."

"Eben darum kann ich mir einen solchen Wunsch auch leisten."

"Daraus wird nichts, denn niemand, keine Seele im ganzen Universum, weiß, wo Er sich aufhält."

"Das stimmt nicht" entgegnete Pater Brown. "Zumindest eine Person weiß das."

"Was, wer?"

"Er."

Der Mathematiker sah Pater Brown mit einem Blick an, der einen Hauch von Hochachtung verströmte. "Alle Achtung, Sie können ja denken wie unsereins. Ich glaube, für Sie gilt auch der Spruch des deutschen Dichters Johann Wolfgang von Goethe -" *Schon wieder ein Deutscher*" seufzte Pater Brown im Geiste - "Er ist ein Mathematiker und also hartnäckig."

"Dazu" meinte Pater Brown "kann ich mich bekennen."

"Dann will ich Ihnen die Funktionsweise des Schlosses erklären, soweit ich das kann. Allerdings, Sie werden's kaum kapieren."

Der Mathematiker hatte Recht, und die Begriffe rauschten an Pater Brown vorüber wie welke Blätter im Herbststurm: schön, aber unfassbar. Doch musste er Herrn Möbius zugutehalten, dass er sich sehr bemühte und seine Gedanken auch immer wunderbar veranschaulichte. In dessen weißgetünchten Raum war nämlich an einer Wand eine Art Projektionsfläche für des Mathematikers Gedanken. Wenn er mit seinen Händen diverse Dinge beschrieb, leuchteten farbige Lichter in, hinter und vor der Wand auf, bewegten sich, glitten aneinander entlang wie Schlangen beim großen Paarungsakt, verfärbten sich wie eine Herde Chamäleone, wogten wie die Wellen des Meeres bei Windstärke acht, und ab und zu ragte eine leuchtend rote Säule in den Himmel, die der Mathematiker dann als "Nullstelle" bezeichnete, obwohl sie scheinbar ins Unendliche ging.

Das Schloss, so erinnerte sich Pater Brown später vage, konnte nur geöffnet werden, wenn eine "Nullstelle" der "Riemannschen Funktion" (schon wieder ein Deutscher) gefunden wurde, die aber nicht dort lag, wo sie liegen sollte. Das allein aber genügte nicht, denn zur gleichen Zeit, da diese Zahl gefunden wurde (was alles andere als trivial wäre, wie ihm der Mathematiker versicherte), müssten Lage und Geschwindigkeit eines einzelnen Atoms bestimmt werden, welches just in diesem Moment als Zerfallsprodukt irgendeines obskuren Elements davonflog - ein Vorgang, der, so versicherte ihm der Mathematiker, theoretisch nicht möglich ist, praktisch aber schon, wenn man - hier hörte Pater Browns Verständnis auf, zu Recht, denn er hatte das Gefühl, auch der Mathematiker missbilligte die Angelegenheit, zumal für ihn etwas, das theoretisch unmöglich ist, praktisch nicht möglich sein kann. Schließlich: Wer beweist, dass 2 + 2 nicht gleich 5 ist, kann nachher nicht behaupten, er hätte zwei Äpfel und nochmals zwei Äpfel nebeneinander gelegt und dann fünf rosige Äpfel auf den Tisch gezaubert. Kurzum: Die Sache war äußerst schwierig, eigentlich unmöglich, aber der Mathematiker konnte sie, im Verein mit einem speziellen Physiker (der aber nur zum Messen angestellt war) sowie einem obskuren Gerät namens "Computer" in endlicher Zeit lösen. Also sozusagen praktisch gar nicht, in Wirklichkeit irgendwie unter Umständen aber schon.

Pater Brown bedankte sich höflich für die verständnisvolle Auskunftsbereitschaft des Mathematikers und fragte ihn zuletzt, da er, der logisch denkende Mensch (vielmehr Engel) sich doch auch mit dem Unendlichen beschäftige, und Gott ja wohl irgendeine Form der Unendlichkeit wäre, wie er sich also das höchste Wesen vorstelle.

"Als elementare Einbettung in sich selbst" entgegnete der Mathematiker ohne Zögern und hub an, die Sache ausführlich-algebraisch zu erklären, was Pater Brown zum Schweifen seiner Gedanken sozusagen ins Unendliche anregte. Immerhin stellte er nachher eine Frage, die in ihrer klaren Logik den Mathematiker wiederum verblüffte. "Dann heißt das" sagte Pater Brown, "dass Gott für sich selbst existiert, die Welt aber etwas ganz anderes ist?"

"Richtig!" rief der Mathematiker erfreut (endlich jemand, der ihn verstand!). "Eine elementare Einbettung in sich selbst kann in der Wirklichkeit nicht existieren, da sie nur aus Widersprüchen besteht. Deswegen muss man ihr auch jedwege mathematische Existenz absprechen. Nur in sich selbst eingebettet besitzt sie eine Art unbegreifliche Realität. Schon die Scholastiker des Mittelalters haben die vielen Widersprüche in Gott bemängelt, zum Beispiel die Sache mit der Allmacht und dem schweren Stein: Kann Gott einen Stein erschaffen, der so schwer ist, dass Er selbst ihn nicht heben kann? Wenn ja, ist er nicht allmächtig. Wenn nein, ist er auch nicht allmächtig."

"Und wenn gelegentlich?" fragte Pater Brown sanft.

"In der Logik gibt es kein 'gelegentlich'."

"Aber vielleicht bei Gott? Es steht nirgends geschrieben, dass Gott sich an irgendwelche Gesetze halten muss, auch nicht an die der Logik."

"Das versuche ich ja gerade zu erklären. Als Gott die Welt erschuf, musste Er aus sich herausgehen. Aber die Welt konnte nicht Seinen Gesetzen gehorchen, dann wäre sie in sich widersprüchlich und absolut gesetzlos, und sie müsste augenblicklich in sich zusammenfallen. Deswegen muss man trennen zwischen Ihm und der Welt. Was die Gelehrten des Mittelalters ja auch taten, während spätere Grübler diese Einsicht verloren."

Pater Brown bedankte sich für vielen philosophischen Erkenntnisse und stellte zuletzt die entscheidende Frage. "Gibt es außer Ihnen noch jemand, der das Schloss öffnen könnte?"

"Niemand." entgegnete der Mathematiker selbstbewusst.

"Und - haben sie das Schloss geöffnet?"

"Das würde ich niemals ohne Auftrag tun. Ich bin Mathematiker, nicht Weltenschöpfer, Weltenlenker oder Weltvernichter."

"Wenn alle so bescheiden wären wie Sie, wäre die Welt nicht in einer so misslichen Lage." sagte Pater Brown hintergründig.

"Wenn alle so selbstbewusst wären wie ich" meinte der Mathematiker, "wäre die Welt in einer viel besseren Lage."

Wenn ich Gott wäre, dachte Pater Brown, *würde ich die Bedeutung der Worte wieder herstellen.*

Der Engel der Firma

Das Zimmer, nein: das Herrschaftsgebiet des Vorstandsvorsitzenden der "Firma" glich dem Traum eines jeden Befehlshabers, oder dem Alptraum jedes Untergebenen. Endlose Reihen graugrüner Schreibtische erstreckten sich, perspektivisch angeordnet, ins Unendliche. Jeder Tisch war bedeckt mit einer olivbraunen Schreibmatte, und dahinter saß jeweils ein Wesen mit grünlich-grauer Gesichtsfarbe, ausdruckslos und schweigend. Über der unwirklichen Szenerie herrschte die Stille absoluter Untertänigkeit. Niemand rührte sich, niemand muckte auf oder beugte sich hinab, doch jeder schien intensiv zu arbeiten, wenngleich nicht sichtbar wurde, was oder wie oder wofür. Die perspektivische Sicht erinnerte Pater Brown an einen Soldatenfriedhof, den er einmal besucht und der ihn sehr beeindruckt hatte. Eine apokalyptische Szenerie, dachte Pater Brown. Sie enthüllt den Geist der Firma. Einen Weltuntergang braucht es dazu gar nicht mehr.

So in philosophische Gedanken versunken überhörte er das sanfte Schwirren hinter seinem Rücken. Als er sich umdrehte, stand der Chef der Firma vor ihm, leibhaftig und in voller Größe. "Willkommen in meinem Reich" begrüßte ihn der Chef mit unangenehm dünner

Stimme. "Wie schön, dem berühmten Aufklärer geheimer Seelenkammern persönlich zu begegnen."

"Sie haben vorher noch nie von mir gehört." sagte Pater Brown.

"Stimmt" entgegnete der Chef großzügig, "aber ich habe mich kundig gemacht. Seit zehn Minuten (Ihrer Zeit) weiß ich alles über Sie. Umso mehr freue ich mich, Ihnen nun persönlich - Sie sehen übrigen genauso aus, wie man Ihren Charakter geschildert hat."

"Welchen Charakter habe ich denn?"

"Sie wurden mir als ein Ausbund an Bescheidenheit beschrieben."

"Das trifft für Sie offenbar nicht zu."

"Nun ja, um eine so große Firma effektiv leiten zu können, braucht man Übersicht und rasche Entschlusskraft."

"Und das hier" sagte Pater Brown und umfasste mit seiner Rechten die Unendlichkeit der Untertanen, "ist Ihre Welt?"

"Nicht direkt" gab der Chef zu. "Die habe ich nur für Sie erschaffen. Ich dachte, Sie würden so etwas vom Vorstandsvorsitzenden einer großen Firma erwarten."

"Wie groß ist denn Ihre Firma?" fragte Pater Brown, während der Chef den olivbraunen Teppich sowie die Unmasse an Schreibtischen und Schreibtischtätern mit einer kurzen Geste zum Verschwinden brachte.

"So groß wie möglich, aber kleiner als denkbar."

"Also die ganze Welt der Realität?"

"So ist es. Doch Ihrem misstrauischen Blick entnehme ich, dass Sie glauben, ich sei eine Chimäre."

"Ich kenne ja nicht einmal Ihren Namen."

"Oh das. Wissen Sie, ich hatte so viele Bezeichnungen, dass ich zu meinen Ursprüngen zurückgekehrt bin. Denn ursprünglich war ich die Morgenröte, der Überbringer jungfräulicher Lichtstrahlen. Der Name von damals gefällt mir immer noch, aber der ist zu weiblich. Drum heiße ich jetzt 'Auro', als Abkürzung für Aurorus, die männliche Form von Aurora."

"Die anderen Namen waren aber viel bezeichnender."

"Sie meinen 'Phosphorus' oder gar die lateinische Form davon? Wissen Sie, als 'Lichtträger' hab ich mich nie so recht gefühlt."

"Aber es gab doch da mal eine Auseinandersetzung mit - Ihm?"

"Das wird maßlos übertrieben. Zugegeben, der Mike, ich nenne ihn Mike, weil, wir haben mal - aber das gehört nicht hierher. Jedenfalls wollte er den Vorsitz übernehmen, dabei haben die anderen mich gewählt. Schließlich bin ich -"

"Ich dachte nicht an ihn" warf Pater Brown seufzend ein, "sondern an Ihn."

"Wer - Er?"

"Ja."

"Da hat es nie Probleme gegeben. Wissen Sie, der Alte (wir nennen ihn liebevoll so, obwohl er natürlich nicht wirklich alt ist), also der alte Herr war ein Genie der Kreativität. Er hat die ganze Welt erschaffen inklusive sämtlicher Gesetze, auch derer, von denen Sie da unten auf der kleinen Erde überhaupt keine Ahnung haben oder jemals haben werden. Wenn ich nur an das Gesetz der nicht-ergodischen Entropievermehrung denke … Sie müssen wissen, ein Erschaffer und Gestalter ist nicht unbedingt ein guter Verwalter. Wie hat sich der Alte da angestellt, als es darum ging, Seine Welt ordentlich in Schwung zu halten. Die - verzeihen Sie mir - reichlich idiotischen Anweisungen an Sein Volk haben das allergrößte Unglück über die Welt gebracht, besonders über Seine Schützlinge. Das hat er dann selber eingesehen und mir die Verwaltung übergeben, nachdem er eingesehen hat, so geht's straight ab ins Verderben."

"Er hat sich freiwillig zurückgezogen?"

"Nun ja, Sie wissen ja, wie das so ist. Keiner will so wirklich abtreten, besonders, wenn er meint, alles zu wissen, und das auch noch besser.

Wir haben uns dann aber verbündet - alle Engel bis hinunter zu den unbedeutendsten - und ihm eine Petition vorgelegt. Da hat uns besonders dieser Morbius geholfen - "

"Möbius."

"Wie auch immer. Der konnte anscheinend die Sprache, die der Alte auch versteht. Jedenfalls hat Ihm die Logik gefallen, und so hat Er sich zurückgezogen. Jetzt verwalten wir die Firma. Wir nennen sie so, weil sie zwar nicht unser Werk ist, aber unsere Verantwortung."

"Und wer beschloss den Weltuntergang?"

"Das war recht eigenartig. Bei unseren regelmäßigen Sitzungen sagte einer: So geht das nicht weiter, die machen uns das schöne Werk des Alten kaputt. Dem konnte keiner widersprechen, weil's ja stimmt. Dann gab es heftige Diskussionen, und irgendwann kam's zur Abstimmung, und die Mehrheit sagte: Jetzt reicht's, wird Zeit für die Apokalypse."

"Wer brachte die Idee dazu auf?"

"Das weiß ich nicht, da müsste ich in den Akten nachschauen, aber die gibt es nicht mehr."

"Und was denken Sie darüber?"

Irgendwie schien es Pater Brown, als grinse der Vorstandsvorsitzende sardonisch, ja beinahe teuflisch. "Ich bin nur der Chef, der dafür sorgt, dass demokratisch gefasste Beschlüsse ordnungsgemäß durchgeführt werden."

"Bedauern Sie den Untergang Ihrer Firma oder freuen Sie sich darüber?"

Auro kam leicht ins Grübeln. "Darüber habe ich noch nie nachgedacht, es gibt immer so viel zu tun. Aber wenn Sie mich so direkt fragen … eigentlich ist die Firma nicht schlecht, die Menschen auch nicht. Nicht wirklich. Man sollte ihnen eine Chance geben, wäre ja irgendwie schade um alles. Aber es ist nicht meine Aufgabe, moralische Urteile zu fällen."

"Wenn Sie könnten, würden Sie die Apokalypse aufhalten?"

"Nur, wenn die Mehrheit dafür ist."

Dass nenne ich ein echt demokratisches Verständnis, dachte Pater Brown. *Oder die Ablehnung von Verantwortung.*

Der Herr der Engel

Nachdem Pater Brown erkannt hatte, dass ihm die himmlischen Gefilde auf höchst irdische Weise präsentiert wurden, sodass sie weder sein geistiges noch sein seelisches Fassungsvermögen überschritten (von seinen religiösen Vorstellungen, sprich: Vorurteilen ganz zu schweigen), hatte er auch keine Angst vor der letzten, ultimativen Begegnung mit jenem Wesen, dem alles seine Existenz und Ordnung verdankt. *Gut, dass ich katholisch bin,* sagte er zu sich selbst, *und nicht im jüdischen Glauben erzogen wurde. Denn dann hätte ich wirklich Angst, und wahrscheinlich könnte ich Ihn in keiner Weise erleben.*

Pater Brown hatte sich nämlich einmal mit der Kabbala beschäftigt, der jüdischen Geheimlehre. Dort begann die Erkenntnis Gottes mit "aleph", der kleinsten Unendlichkeit, und sie endete (wenn überhaupt) im "En Soph", dem durch kein Wissen erreichbaren Unendlichen, letztlich also bei Gott. Den aber konnte man nie wahrnehmen, denn das En Soph ist wie ein Lichtstrahl von unendlicher Helligkeit, der sich der Unendlichkeit entgegen krümmt. Dort, wo das Licht auf den Raum trifft, zieht sich dieser zusammen und bildet die zehn Kreise des kabbalistischen Baums "Sephirot". *Sehr mathematisch,* dachte Pater Brown, *aber wenig nützlich.*

Andrerseits: Wenn er die Hierarchie der Engel durchlaufen musste, bevor er zu Ihm kam, dann könnte er eine Aufklärung des Falles in endlicher Zeit vergessen. Soweit er sich aus seinem Kommunionsunterricht erinnerte, musste er erst einen gewöhnlichen Engel (etwa seinen Begleiter) dazu bringen, sich an einen Erzengel zu wenden. Die beiden Erzengel, die er kennen gelernt hatte, waren nicht unbedingt empfehlenswert. Der Erzengel musste die Bitte um

Kontaktaufnahme einem Engel der Fürstentümer überreichen, z.B. *Cerviel*. Der sollte dann einen Engel der Gewalten befragen, z.B. *Camael*. Dieser wiederum müsste einen Engel der Mächte kontaktieren, z.B. *Barbiel*. Dieser wiederum müsste Audienz bei einem Engel der Herrschaften erlangen, z.B. bei *Zachariel*. Anschließend müsste dieser in die oberste Ebene vordringen, in das Reich der Berater. Da wäre zuerst im untersten Kreis der obersten Schicht ein Engel der Throne zu umgarnen, z.B. *Oriphiel*. Ein solcher Engel hätte dann Zutritt zu einem Cherubim, z.B. *Ophaniel*. Der könnte dann, wenn geschickt eingefädelt, einen der Seraphim gnädig stimmen, z.B. *Seraphiel*. Und dann -

Pater Brown schüttelte sein müdes Haupt. So ging das nicht. Er musste einen anderen Weg finden. Aber welchen? Wie konnte er die Aufmerksamkeit des Weltenschöpfers entfachen? Wie dachte Er überhaupt? Pater Brown hatte zwar alle Teufel im Herzen, nicht aber die Seelen der Götter. Und schon gar nicht die des Einen Gottes. *Aber wenn ich*, so dachte der bescheidene Pater, *mich in die Seele eines Hundes hineinversetzen kann, dann müsste mir doch das Gleiche beim Höchsten Wesen gelingen!* Womit gezeigt ist, dass höchste Bescheidenheit sich mit höchster Wahrheitsliebe ohne gegenseitige Behinderung paaren kann.

Nun denn, Pater Browns Methode lag darin, ein Wesen - Hund, Mensch oder Gott - von innen so zu füllen, dass er dessen Bewegungen körperlicher, seelischer und geistiger Natur nachvollziehen konnte, um so zu dessen innersten Beweggründen vorzudringen. Das müsste ja auch hier gelingen. Also versetzte sich Pater Brown in die Seele eines (des!) Weltenschöpfers, so wie er Ihn begreifen und seine Gedanken nachvollziehen konnte. Ein offensichtlich unmögliches Unterfangen, doch das Unmögliche wird im Bereich des Göttlichen zum Alltäglichen.

Wenn ich also die Welt mit all ihren komplizierten Gesetzen erschaffen hätte, inklusive der nicht-ergodischen, was auch immer - wenn ich mir die Mühe gemacht hätte, mir die Gesetze auszudenken, ihre Kompatibilität zu überprüfen, ihre Realisierung zu initiieren, ihre

Anwendbarkeit zu gestalten; wenn ich zudem Verantwortung für mein auserwähltes Volk - oder, sagen wir besser: für die gesamte Menschheit - übernehmen würde, was würde ich im Falle der Vernichtung dieser Menschheit (und vielleicht der ganzen Welt mit all ihren schönen Gesetzen) tun? Gelangweilt zusehen und die imaginären Schultern zucken? Den anderen die Zerstörung des eigenen Werkes überlassen? Oder dagegen protestieren?

Weder noch. Auch wer sich zurückzieht und dem anderen das Feld überlässt, wird kaum Beschlüsse anderer Menschen ohne weiters akzeptieren, die der eigenen Intention radikal zuwider laufen. Doch Er war es wohl auch nicht gewohnt, sich mit anderen auseinander zu setzen. Also griff Er zu Methoden, die außerhalb jeglicher Kommunikationsform lagen und nur Ihm zur Verfügung standen. Mit anderen Worten -

Pater Brown bündelte all seine Kraft, seinen Mut und seine Überzeugung und rief laut ins Zentrum des unendlichen Universums: *Ich weiß, wohin das Horn verschwunden ist!* Was dann folgte, spielte sich so schnell ab, dass wir wieder Analogien bemühen müssen, um ein wenig von diesen Vorfällen zu begreifen. Ein moderner Chronist würde sagen, Pater Brown fiel in den Sog eines Schwarzen Lochs, nein, er wurde vom ultimativen Schwarzen Loch erfasst, das im Universum existieren kann und das direkt ins Zentrum der Unendlichkeit führt. Ein ungeheurer Wind brauste um seine Ohren, ein ungeheurer Sog riss ihn erst langsam, dann immer schneller aus der Welt heraus, in eine andere Welt hinein, bis in rasender Geschwindigkeit alles an ihm vorüberrauschte und sich um ihn drehte. Ihm wurde schwindelig (auf Volksfesten mied er jegliche Belustigung der Art, die einem den Kopf verdreht), Übelkeit stieg hoch, obwohl er keine Nahrung zu sich genommen hatte, das But strömte aus seinem Hirn, und er wollte sich gerade einer Ohnmacht hingeben, als er erkannte, dass seine Sicht der Wirklichkeit korrekt war: Er befand sich tatsächlich im Mittelpunkt, die Welt drehte sich um ihn. Also konnte er die Welt anhalten, denn er bewegte sich ja nicht.

Lassen wir die technischen Überlegungen. Als Pater Browns Reise zum Stillstand kam, saß oder hockte er mitten im leeren Raum sozusagen zu Füßen eines Throns, auf dem eine hehre Gestalt sich breit machte. Sie ähnelte den antiken Darstellungen Jupiters, der majestätisch auf seinem Podest sitzt und über die Menschen hinwegblickt. Doch der Bart war anders: weiß, lang, irgendwie erhaben; und der Blick ebenfalls: 'verschleiert' beschreibt euphemistisch die Tatsache, dass die Gestalt die Augen geschlossen hielt und den Eindruck eines schlafenden Giganten vermittelte.

"Euer Ehren", stammelte Pater Brown, "hier bin ich." Das war nicht sehr originell, aber wie sollte er Ihn denn sonst anreden? Mit 'Herr Gott'? Das klang nicht nach Ehrerbietung, sondern nach einem Fluch. Und schließlich: Gelegentlich übermannte den kleinen Priester, trotz aller nüchterner Bescheidenheit, doch ein Gefühl der Überwältigung. Wann hat schon jemand jemals Gelegenheit, vor seinen Schöpfer zu treten, außer, wenn er gestorben ist, was hier offensichtlich nicht der Fall war? Die in sich ruhende (schlafende?) Gestalt jedenfalls blieb unbewegt, während Pater Brown verzweifelt nach der Fortsetzung des eher einseitigen Gesprächs suchte. "Euer Ehren" fuhr Pater Brown fort, "wie ist es möglich, dass von zwei gleich schweren Steinen der eine so viel schwerer ist, dass Ihr ihn nicht mehr aufheben könnt?"

Pater Brown meinte eine Art verächtliches Schnaufen zu hören. Immerhin, die Gestalt vor ihm hob eine Hand, und plötzlich erschien ein Stein in ihr. Dann hob sie die andere Hand, und auch in ihr lag ein Stein. Sie begann, die beiden Steine wie ein Schonglör in die Luft zu werfen und wieder aufzufangen. Dabei verwandelten sich die Steine in Gesteinsbrocken, sie wuchsen zu Asteroiden, diese wiederum zu Monden, zu Gesteinsplaneten, zu Gasriesen. Aus denen wurden rote Zwergsterne, deren Glühen sich langsam verstärkte, intensiver wurde, durch Beimischung von gelb, weiß und schließlich blau den Eindruck extremer Hitze versprühten. Die Sterne wuchsen nicht nur, sie vermehrten sich auch, bis sich vor Pater Browns entsetzten Augen ein wüstes Spektakel abspielte, das ihn wieder an die ihm so verhassten Jahrmarktsdarbietungen erinnerte. Als hätte das Wesen vor ihm seine Gedanken erraten, wischte es mit einem kurzen Fegen seiner Rechten das Sternenballett beiseite, und es herrschte wieder die Ruhe samtschwarzer Leere. *Immerhin,* dachte Pater Brown, *er hat auf meine Rede reagiert. Also lebt er, und ich kann fortfahren.*

"Euer Ehren", fuhr Pater Brown, jetzt schon etwas mutiger, fort. "Wie lautet die Zahl für das Schloss von Gabriels Horn?" Da glaubte der kleine Priester, weit weit weg im Samtschoß der Unendlichkeit, eine Art Lachen zu hören, erst verächtlich, dann mit einem Hauch ungläubiger Fröhlichkeit. Und die Gestalt vor ihm öffnete die Augen, ganz klein nur, aber immerhin, und sagte mit dröhnender Stimme:

"Ich brauche keine Zahl."

"Ihr seid also allwissend?"

"Ich bin außerhalb. Wer meine Gesetze befolgt, der lebt. Wer sie missachtet, der zerfällt."

"Und Ihr?"

"Ich bin außerhalb." wiederholte die Gestalt. "Für mich gelten diese Gesetze nicht."

"Welche dann, wenn mir die Frage gestattet ist?"

"Die Gesetze des Augenblicks." Seine Stimme klang immer noch dröhnend, mit einem gewaltigen Nachklang, als Echo der Unendlichkeit. Aber je mehr Er sprach, desto mehr wurde seine Stimme leiser, normaler, ja sogar sanfter, und das Echo bleib zuletzt ganz aus.

"Wenn ich will" fuhr Er fort, "dass 2 x 2 gleich 5 ist, dann ist es so. Wenn ich will, dass mir ein Stein zu schwer wird, dann erschaffe ich ihn. Wenn ich will, dass ich den Stein wieder aufheben kann, dann ist er im nächsten Augenblick leicht wie eine Feder."

"Und wenn Ihr wollt, dass Eure Schöpfung vernichtet wird?"

Als Pater Brown diese Frage stellte, öffneten sich plötzlich Seine Augen, und Sein Blick durchfuhr den armen kleinen Priester wie ein Schwert, auch wenn die Metapher etwas abgegriffen klingt. Waren es Flammenstrahlen, die aus seinen Augen schossen, oder öffneten sich Seine Augenhöhlen zu einer immensen Leere, durch die Sterne,

Galaxien und kosmische Nebel hindurchschienen? Immerhin, Gott sah nicht ihn (den Priester), sondern durch ihn hindurch, wie ein Adler, der zwar auf der Hand des Vogelbändigers sitzt, diesen aber nicht anblickt, da er für ihn uninteressant ist und sein Auge nach etwas ganz anderem Ausschau hält.

"Niemand tut meinem Werk etwas an" schallte Seine Stimme aus der Unendlichkeit in die armselige Welt des Wirklichen. "Niemand vernichtet, was ich erschaffen habe. Und wenn so ein dahergelaufener Nichtskönner wie dieser - wie dieser - ach, wen kümmert sein Name. Der hat nichts zu melden, auch wenn er meint, jetzt beherrscht er die Welt. Der Weltenschöpfer, der Weltenherrscher, der Weltenlenker, das bin immer noch ich, und diese verpfuschten Existenzen mit ihrem pseudodemokratischen Gremium sind ein erbärmlicher Haufen von Wichtigtuern. Sie können nichts ausrichten, Nichts, NICHTS!"

Aha, dachte Pater Brown, *nun zeigt sich die menschliche Seite der göttlichen Existenz. Warum auch nicht, schließlich heißt es in den Heiligen Schriften: Er erschuf den Menschen nach Seinem Ebenbild. Also besitzt Er auch all jene liebenswerten und unheimlichen Fähigkeiten, die Er an seine Geschöpfe weitergab. Nur dass alle anderen Seine Lebendigkeit, Seine Macht und Seine leidenschaftliche Liebe zur Welt unterschätzt hatten.*

"Dieser Michael" fuhr Gott fort, "wollte schon immer hoch hinaus. Er stand hinter dem Beschluss des Gremiums, das er auf seine übliche plumpe, aber wirkungsvolle Art manipuliert hat. Die anderen haben mitgemacht oder auch nicht, jedenfalls war es ihnen egal."

"Und wie habt Ihr die Zahl des Schlosses gefunden?"

"Ich brauche keine Zahlen, um Schlösser zu knacken. Schlösser existieren in Raum und Zeit, ich nicht. Ich kann den Raum verbiegen und die Zeit verdrehen, und schon liegt offen, was für andere verschlossen bleibt."

"Warum habt ihr nicht den anderen verboten, die Apokalypse voranzutreiben?"

"Mit solchen Typen rede ich nicht. Und wenn ich's getan hätte, sie hätten mich ausgelacht oder ignoriert. Die heutige Jugend …"

"Und was geschieht jetzt mit dem Horn?" unterbrach ihn Pater Brown hastig, denn er hatte genug von Tiraden gegen Ungeliebte, egal ob menschlich oder göttlich.

Plötzlich lag vor Pater Brown das Horn, kaltglänzend im Licht weißer und blauer Sterne, bedrohlich im Schein der roten Galaxien, giftig in den Strahlen pulsierender Nebel.

"Du darfst es behalten. Ich will nichts mehr von idiotischen Verkündigungen wissen, vom Missbrauch der Macht, von willkürlichen Entscheidungen weitreichender Natur. Und außerdem -" Seine Stimme klang plötzlich weich und einschmeichelnd, "außerdem hast du ein Geschenk verdient für deine Mühe, dich mit diesen schwierigen und unangenehmen Entitäten abzugeben."

Und mit dir, dachte Pater Brown, sagte aber nichts, was auch nicht nötig war, denn, wie jeder weiß, Gott ist allwissend.

"Was soll ich damit machen?" fragte Pater Brown. "Du kannst es verkaufen oder aufbewahren. Aber erzähle niemand, was es ist oder wo es steht. Sonst fängt das ganze Theater wieder von vorne an."

Gott schloss die Augen und saß dann wieder, in sich versunken, auf seinem Thron, während Pater Brown, erschöpft aber zufrieden, daran dachte, wie schön es wäre, jetzt wieder an seinem heimatlichen Schreibtisch zu sitzen, mit einer Tasse dampfenden Tees auf dem Stapel seiner Schriften, die nächste Predigt vorbereitend.

"Wie du willst" glaubte er eine Stimme zu hören. Dann versank er im Dunkel des Nichts …

Der Engel des Herrn

"Pater Brown, wachen Sie auf!" drang eine dröhnende Stimme an seine verklebten Ohren. Jemand rüttelte ihn an den Schultern, und als er die Augen öffnete, sah er sich selbst auf seinem Schreibtisch liegen, während kräftige Arme ihn hochhievten.

"Was - was ist los?" fragte der kleine Priester benommen.

"Sie sind auf Ihrem Schreibtisch eingeschlafen." erklärte ihm Flambeau mit seiner klaren, kräftigen Stimme.

Pater Brown sah ihn mit seinen kurzsichtigen Augen eine Weile an und sagte dann mit weicher Stimme: "Flambeau, Sie sind ein Engel. Sie haben mich in den Himmel gebracht!"

"Ich gebe zu, ich war mal ein Teufel" erwiderte Flambeau, "und ich habe Sie auch einmal ins Paradies der Diebe gebracht. Aber jetzt bin ich ein Mensch, und lebe hier auf höchst irdischen Gefilden, Ihnen sei Dank."

"Nein ich meine - ach was. Sie würden mir's ja doch nicht glauben. Ich hatte eine Vision."

"Traum oder Alptraum?"

"Ich weiß nicht, auf jeden Fall ungeheuer intensiv. Und irgendwie blasphemisch."

"Das überrascht mich bei Ihnen. Vielleicht lag's am Kamin, der hat nicht mehr richtig gezogen, und die Abgase haben Ihnen möglicherweise Visionen vorgegaukelt."

Pater Brown war den Tränen nahe, so viel Erleichterung fühlte er wegen seiner Rückkehr ins Reich der Menschen. Er stand auf und umarmte spontan Flambeau, was nicht ganz leicht war, denn Pater Browns Arme waren kurz und Flambeaus Leibumfang groß.

"Irgendwann" sagte Pater Brown, "werde ich Ihnen erzählen, was ich in meinen Visionen alles gesehen habe, und Sie werden mir's nicht glauben!"

"Mag sein" entgegnete Flambeau mit der ihm eigenen wohlwollenden Gleichgültigkeit. "Aber ich glaube sicher etwas anderes nicht: dass Sie Musiker geworden sind oder auch nur werden wollen."

Pater Brown starrte ihn verständnislos an. Flambeau ging in die Ecke des Zimmers und hob vom Boden einen Gegenstand empor, den er seinem Freund triumphierend präsentierte. Es war eine prachtvolle Fanfare, goldglänzend, wenngleich an manchen Stellen schon reichlich abgegriffen. "Und was ist das?" fragte Flambeau.

"Das" sagte Pater Brown unendlich langsam "ist Gabriels Horn."

"Und wer ist Gabriel? Einer Ihrer Kirchengänger? Oder ein anderer Verbrecher, dem Sie den Pfad der Tugend zeigen?"

"So ähnlich" sagte Pater Brown geistesverloren. Er schwieg lange Zeit, in sich gekehrt, und da Flambeau diesen Zustand kannte, unterbrach er seinen Kameraden nicht in dessen Meditation, sondern saß ruhig da und wartete. Endlich gab sich Pater Brown einen Ruck, sah Flambeau an und sagte:

"Alter Freund, würden Sie mir einen Gefallen tun?"

"Warum fragen Sie? Das tu ich doch immer."

"Gut, dann machen Sie, dass dieses - dieses Ding da für immer verschwindet."

"Sie meinen, ich soll es auf dem Trödelmarkt verkaufen?"

"Was Sie meinen. Jedenfalls ist es ein tödliches Instrument."

"Oh" sagte Flambeau und tat erschreckt. "Ist diese dunkle Stelle vielleicht getrocknetes Blut?"

"Vielleicht" entgegnete Pater Brown ernsthaft. "Aber es soll auch keines mehr dazu kommen. Das erhabene Instrument des göttlichen Willens kann unter Umständen gefährlicher werden als die blitzende Klinge des Teufels. Vor der hat jeder Angst, vor einer harmlosen Posaune fürchtet sich niemand. Und doch ist sie weitaus schrecklicher als die schlimmsten Vulkanausbrüche oder Erdbeben, tödlicher als die schrecklichsten menschlichen Waffen oder kosmischen Kataklysmen."

"Sie machen mich neugierig."

Und Pater Brown erkannte, dass er seinen alten Freund nicht länger im Dunkeln lassen konnte. Also erzählte er ihm alles, was er erlebt (oder geträumt) hatte, und Flambeau, der treue Freund und einsichtsvolle Gefährte, sagte nur: "Demnächst reise ich durch den Kontinent. Da werde ich das Dings da loswerden, und keiner wird mehr wissen, wo es geblieben ist."

So geschah es, und seitdem suchen einige wenige Eingeweihte das Instrument der Apokalypse bei Trödlern in ganz Europa. Unbestätigten Gerüchten zufolge (aber die Gerüchte sind extrem unbestätigt) soll das Horn der Verkündigung bei einem Altwarenhändler in Wien lagern. Wenn Sie Pech haben, finden Sie es. Aber Vorsicht: Nicht benutzen!

Die Nacht des Schwabberlocks

Ein Alptraum in zehn Schnitten

Vorbemerkung

Charles Lutwidge Dodgson (1832-1898) war ein englischer Mathematiker, Hochschul-Dozent und Kinderbuchautor, dazu einer der Pioniere der Fotografie im allgemeinen und der Portrait-Fotografie im besonderen. Unter dem Pseudonym ***Lewis Carroll*** schrieb er eine Reihe von Kinderbüchern, von denen zwei weltberühmt wurden und auch die englische Sprache, Literatur und Kunst beeinflussten: "Alice im Wunderland" und "Alice in der Spiegelwelt (und was sie dort vorfand)".

Das Besondere an diesen Büchern: Die Heldin hat wirklich gelebt; Carroll hat die beiden Bücher explizit für sie geschrieben. 1856 lernte er die drei Kinder des Dekans Liddell kennen: Edith, Alice, Lorena. Von da an kümmerte er sich um die drei Mädchen, besonders um die damals vierjährige Alice, für die er, wie schon gesagt, ein Buch mit ihr als Heldin verfasste.

Die Freundschaft zwischen der Familie Liddell und Carroll zerbrach im Juni 1863. Über die Ursachen gibt es nur Spekulationen, da Carrolls Tagebücher aus dieser Zeit verschollen sind und Carrolls Briefe an Alice von ihrer Mutter vernichtet wurden. Die Spekulationen reichen von seiner angeblichen Verliebtheit in Alice und dem Wunsch, sie zu heiraten, bis hin zu Vermutungen, dass sich eine Liebesbeziehung zu Alice' ältester Schwester Ina (Lorena) angebahnt habe.

Nach heutigem Maßstab würde man Carroll als "Pädophilen" bezeichnen. Nach viktorianischen Standpunkten war das Gegenteil der Fall: Die Beziehungen zu Kindern waren per definitionem unschuldig und rein. Wie auch immer: Viele haben sich Gedanken über Carrolls Gefühle zu Alice gemacht, doch kaum jemand hat den umgekehrten Fall betrachtet. Man bedenke: Sieben Jahre lang hat sich der sanftmütige Schriftsteller und Puzzle-Erfinder intensiv um das Mädchen gekümmert. Dann war es plötzlich zu Ende. Wie hat Alice diesen Bruch verkraftet? Welche Erinnerungen hat sie an den guten Onkel, der so viel für sie tat und sich später so wenig um sie kümmerte? Denn *er* knüpfte weiterhin Beziehungen zu kleinen Mädchen und jungen Frauen, unter anderem zu Gertrude Chataway und der Schauspielerin Isa Bowman. *Sie* dagegen heiratete und war damit, etwas salopp gesagt, weg vom Fenster. Hegte sie romantische Erinnerungen an ihren Fotografen und Gönner? Hat sie ihn vergessen? Oder waren ihre Gefühle ganz anderer Natur?

In dieser Geschichte versuche ich, auf Grund von Informationen, die kein Biograf je für erachtenswert fand - die Horoskope der beiden -, das Verhältnis von Künstler und Muse so zu rekonstruieren, wie es mir am vernünftigsten erscheint. Aber nicht als Essay, sondern als Erzählung, die auch die dunkle Seite der Carrollschen Geschichten berücksichtigt und seine Alpträume lebendig werden lässt. Denn Carroll hat auch denkwürdige Monster geschaffen: vor allem den Jabberwock ("Alice in der Spiegelwelt"), den Bandersnatch, das Snark und das Boojum ("The Hunting of the Snark"), von den Illustratoren John Tenniel sowie Henry Holiday recht gruselig in Szene gesetzt; und die Monster aus der Sammlung "Phantasmagoria".

Um Einwände der geneigten Lesepersonen (Genderdeutsch für 'LeserInnen') vorwegzunehmen: Dies ist eine klassische Detektivgeschichte, bei der am Ende die Fragen nach dem *wer*, dem *wie* und dem *warum* korrekt beantwortet werden. Allerdings habe ich auf den sonst üblichen Showdown des Meisterdetektivs verzichtet, wo er (manchmal auch sie) alle Verdächtigen um sich versammelt und in einer dramatischen Szene von mindestens zehn Seiten den Täter entlarvt (der daraufhin zu fliehen versucht, vergeblich natürlich). Ich vertraue auf die Fähigkeiten meiner Lesepersonen, die Einzelteile der Geschichte, das Puzzle sozusagen, mittels Logik in einen geordneten Zusammenhang bringen zu können. Falls die normale Logik nicht ausreichen sollte, ist da immer noch die Quantenlogik multipler Universen ...

1: Ein Tagebuch wird gelesen

"Lesen Sie das" sagte der Kommissar und reichte dem Profiler ein postkartengroßes Buch mit grüngeschecktem Einband. Der Profiler nahm es vorsichtig in die Hand, drehte es so, dass die Titelseite nach vorne blickte (obwohl sie genauso aussah wie das Hinterblatt), öffnete langsam das Buch und warf einen Blick auf die engbeschriebenen Seiten. Die Schrift war klar, ein wenig kindlich (viele Rundungen), gut lesbar, aber wenig gegliedert. In einem einzigen Wortstrom ergoss sich das Seelenleben des Tagebuchschreibers auf die sanft sepia gefärbten und vorsichtig linierten Seiten.

Der Profiler begann zu lesen.

Es fängt wieder an. Der Schwabberlock ist seinem Gefängnis entkommen und vergiftet die Welt mit seinem Atem. Wie vor 20 Jahren. Und immer am gleichen Ort. Es ist ein Alptraum, ich weiß nicht, ob ich lebe, ob ich träume, ob ich ein früheres Leben wiederhole. Ich gehe am Flussufer entlang, es ist Nacht, die Trauerbäume senken ihre Äste zum Wasser und lassen mich nicht durch. Sie streifen mein Gesicht, halten mich an den Armen, schlingen sich um meinen Hals. Irgendwo leuchtet etwas, eine Laterne oder ein Leuchtfeuer in der Ferne. Ich weiß nur, wo ich hin muss, ich weiß, wo ich nicht hin will, doch es hilft nichts. Jemand schiebt von hinten, ein anderer zieht von vorn, ein dritter drückt von der Seite, ein lachender Kobold knetet mein Gehirn. Und immer das Bild vor mir, und ich weiß, es wird sich wiederholen.

Der Profiler zögerte einen Moment, während ihn der Kommissar intensiv ansah. Hatte sich da jemand als drittklassiger Thrillerautor versucht? Was hatte diese läppische Schilderung mit seinem Beruf zu tun? "Lesen Sie weiter" sagte der Kommissar.

Da wo der Fluss sich nach rechts biegt und und sein anderes Ufer einsehen kannst, wo der Weg zur Böschung wird und der Lehm zur Falle, da darfst du stehen bleiben und dich umsehen. Denn weiter wirst du nicht kommen. Ich kann nicht. Ich kenne die kleine Brücke mit verschnörkeltem Geländer, und die Spinnen, die dort am Tag ihr

Netz weben und nachts die verirrten Insekten fangen. Und ich weiß, was da unten liegen wird. Damals habe ich sie gesucht, die kleine Alice, und ich fand sie an dieser Stelle. Ich weiß, wer es war, aber keiner wird mir glauben. Die Krallen des Schwabberlocks haben ihr Arme und Beine ausgerissen, seine Zunge hat die Wunden verschlossen, sein Rachen das Blut ausgesaugt. Und ihr Gesicht war so bleich und friedlich und schön.

Ich blicke hinunter auf den Grund der kleinen Böschung. Da unten liegt ein Bündel, ganz in schwarz mit einem weißen Fleck und in dem Fleck zwei kleine schwarze Löcher. Ich will davonlaufen, es geht nicht. Die unsichtbaren Führer helfen mir nach unten, halten mich fest, wenn ich abzurutschen drohe, denn sie wollen mir den Augenblick nicht verderben, den Moment der Ekstase, den Blick in die Wahrheit. Traumwandlerisch winde ich mich hinab, versuche mich an Wurzeln und Hartgräsern festzuhalten, bis ich mit einem kleinen Rutsch vor dem schwarzweißen Bündel stehe. Ich schaue in die toten Augen, sehe das grausige Lächeln der verstümmelten Gestalt, fühle die Welle aus rotem Hass, die mich ganz durchspült, und will zugreifen. Ganz dunkel kommt mir noch zu Bewusstsein: Wo sind die Arme? Wo ist das Blut? Da - doch - hab klein - nicht mehr - Schwabb - weg -

2: Eine Theorie wird entwickelt

Der Profiler legte das Buch beiseite, mit der letzten Seite nach oben, denn die Worte waren entweder nicht mehr lesbar oder nicht mehr da. Nur die Zeichnung auf der nächsten Seite sprang dem Betrachter ins Gesicht: seltsame Linien, die eine Fratze ergaben.

"Und - hat man eine Leiche gefunden?"

"Nein, gottseidank nicht. Aber es war so, wie in dem Buch steht: Vor 20 Jahren geschah dort ein Mord, eine ziemlich ungewöhnliche Sache. Ein ganz normaler, schüchterner, braver Mann in guten Verhältnissen hat dort seine Frau erstochen, scheinbar grundlos, und dann hat er versucht, ihr die Arme abzuschneiden. Das glückte ihm fast - und erstaunlicherweise fand man keine Blutspuren. Aber es kann auch sein, dass die Leute damals schlampig gearbeitet haben oder der Autopsiebericht unvollständig ist."

"Was geschah dann?"

"Er hat sich freiwillig gestellt und wirres Zeug erzählt, und er wurde vom Gericht für unzurechnungsfähig erklärt. Nicht verantwortlich für seine Tat."

"Aber er hat ein Tagebuch geschrieben."

"Richtig. Das Buch liegt bei uns (wir haben's von der Psychiatrie angefordert) und ist ein einziges Wirrwarr an abstrusen Ideen. Aber von jemand, der seine eigene Frau umbringt und sie zu verstümmeln versucht, ist nichts anderes zu erwarten."

"Hieß seine Frau Alice?"

"Nein, Gertrud."

"Und wie kam er dann auf dieses Monster?"

"Das ist Teil seines Wahnsystems. Er war ein glühender Verehrer von Lewis Carroll, dem Verfasser der Alice-im-Wunderland-Geschichten. Der war ein harmloser Mathematik-Lehrer und als Geistlicher zur Keuschheit verpflichtet. Aber unser Mörder glaubte, in ihm etwas Dämonisches entdeckt zu haben, ja, er hielt ihn sogar für Jack the Ripper!"

"Gab es mehrere Alice-Bücher?"

"Ja, zwei. Und im zweiten kommt ein Gedicht vor mit dem Titel *Jabberwocky*. Das kann man schlecht übersetzen. Manche sagen 'Zipferlak', das klingt frivol. Andere (so wie auch der verrückte Mörder) nannten es 'Schwabberlock', das klingt nach grüner Götterspeise."

"Und was bedeutet es im Original?"

"Carroll liebte Wortzusammensetzungen und schuf Fantasieworte. In dem kleinen Monster haben wir 'to jab', also erstechen, und der Rest ist lautmalerisch."

"Hm. Und die Zeichnungen?"

"Die stammen aus der Originalausgabe des zweiten Bands. Gezeichnet hat sie ein viktorianischer Karikaturist namens John Tenniel. Da hat er ein ziemlich furchteinflößendes Monster erschaffen. Was Sie im Tagebuch gefunden haben, ist die Fratze des Monsters, in die Breite verzerrt, und das andere Bild ist eine seiner Klauen, aber verdreht."

"Was ist mit dem Mörder passiert?"

"Er wurde vor einer Woche aus der psychiatrischen Klinik entlassen."

3: Ein Buch wird studiert

Ein Profiler ist im Grunde der direkte Nachfahre des fiktiven Meisterdetektivs Sherlock Holmes. Zwar begab sich der vornehme Kokainschnüffler auch an den Tatort und suchte nach Zigarettenresten, aber meist hockte er, an der unvermeidlichen Pfeife saugend oder die Saiten seiner Geige malträtierend, in seinem Lehnstuhl und dachte nach. Und formte so das Bild des Täters - eine Methode, die später der nicht minder fiktive Pater Brown zur Perfektion steigerte. Ein Kommissar muss eruieren und intervenieren, muss forschen und fragen. Ein Profiler - das deutsche Wort 'Fallanalyst' trifft in keiner Weise die Essenz dieser Beschäftigung - ein Profiler also muss vor allem nachdenken und sich aus dem, was andere am Tatort fanden, ein Bild des Täters machen. Mit ebensoviel Fantasie wie Realitätssinn. Und eine Prise Wahnsinn schadet nicht, denn viele Mörder, vor allem Serientäter, können nicht mit bürgerlichen Maßstäben gemessen oder gar gefunden werden.

Doch dieser Fall war ein wenig anders. Ein literarischer Mörder sozusagen, der sich aber nicht Jack the Ripper zum Vorbild nahm, sondern dessen Zeitgenossen, einen viktorianischen Kinderbuchautor. So würde also nichts übrig bleiben, als sich in die obskuren Fantasien des Mörders hinein zu versetzen, obwohl ja gar nicht feststand, dass das Tagebuch von ihm stammte oder er einen neuen Mord beabsichtigte.

Die Reise in die Fantasien eines Kinderbuchs erwiesen sich für den Profiler als schwierig. Als erstes nahm er sich da Gedicht vor, dessen Monster angeblich den Mord begangen hat. Doch schon die erste Strophe schreckte ihn ab:

> *Verdaustig war's und glasse Wieben*
> *Rotterten gorkicht im Gemank;*
> *Gar elump war der Pluckerwank,*
> *Und die gabben Schweisel frieben.*

Es wurde nicht besser; und auch die Tatsache, dass es sich um eine Parodie handelte, half nicht weiter. Carrolls Briefe an junge Mädchen waren meist skurril, aber nicht bedrohlich. Und der Profiler hatte ein Gefühl für gefährliche Untertöne, das gehörte zu seinen Aufgaben und Fähigkeiten. Möglicherweise wäre der Autor heutzutage als *pädophil* gebrandmarkt worden. Doch nichts sprach für irgendwelche Übergriffe, weder verbaler und schon gar nicht tatsächlicher Art. Der Autor schien so harmlos wie auf seinen Fotos.

Aber man weiß ja nie. Beunruhigend wirkten nur manche Illustrationen. Die meisten kamen nicht von ihm, bezogen sich aber auf seine Gedichte und Geschichten. Wirklich seltsam wirkten indes die eigenen Skizzen und Zeichnungen. Die kleine Alice (wohl die echte) hatte ziemlich tiefe Augen und irgendwie einen fanatischen Blick. Carrolls zeichnerische Selbstbildnisse zeigten eine gespaltene Persönlichkeit voll Furcht und Wahnsinn - Halluzinationen, die vom übermäßigen Genuss der damals beliebten Droge LAUDANUM herrührten? Das Mittel wurde in unterschiedlichen Zusammensetzungen unter anderem vom Arzt, Alchemisten und Naturforscher Paracelsus propagiert, der glaubte, damit ein Allheilmittel erfunden zu haben. Für ihn war es der *Stein der Unsterblichkeit*. Die Droge konnte jeder erwerben, sie galt als Heil- und Beruhigungsmittel, sogar für Kinder. Hauptsächlich bestand sie aus Opium, war überall verbreitet, da billig, und wirkte wie eine Mischung aus Aspirin und Kokain.

Doch so kam er nicht weiter. Angenommen, die Tagebuch-Eintragungen entsprachen der Wahrheit. Als Profiler war er gewohnt, erst einmal von Fakten und nur von Fakten auszugehen. Das war meistens der Zustand der Leiche, Spuren am Fundort, die Lage liegen gebliebener Gegenstände, aber keine Gedichte, keine Träume, keine grotesken oder absurden Ideen. Dafür aber Blut. Wie hieß es so schön in einer der vielen Lektionen zur Deutung von Blutspuren? *Blutspurenbilder sind Tropfspuren, Abrinnspuren, Kontaktspuren, Schlagspritzspuren, Hochgeschwindigkeitsspritzspuren, Schleuderspuren, arterielle Verletzungsspuren.*

Nur: Wenn man dem Bericht des vermutlichen Mörders und den Autopsiebefunden glauben durfte, gab es keine Blutspuren. Man fand die Arme, sauber abgetrennt, wie mit einem Laser durchschnitten, aber kein Blut. Offenbar hatte der Mörder so gehandelt, wie der Junge in Carrolls Gedicht, als er den Schwabberlock zur Strecke brachte:

Mit eins! und zwei! und bis aufs Bein!
Die biffe Klinge ritscheropf!
Trennt er vom Hals den toten Kopf,
Und wichernd springt er heim.

Als ob der Mörder kein menschliches Wesen verstümmelt und getötet hatte, sondern eine Puppe. Mit einem Chirurgeninstrument, einem Skalpell. Wie weiland Jack the Ripper.

Als der Profiler endlich einschlief, war die Nacht viel zu kurz, aber das lag nicht nur an den Alpträumen.

4 Eine Leiche wird gefunden

Der Profiler war nicht direkt das, was man üblicherweise als "Eule" bezeichnet, im Gegensatz zu den frühfröhlichen "Lerchen". Dennoch liebte er die Nacht und hasste den frühen Morgen. Hauptsächlich, weil es da so kalt war und er nicht gern aus den (endlich aufgewärmten) Laken schlüpfte. So dauerte es eine Weile, bis er erkannte, was los war: Jemand rief ihn an. Es war die etwas dünne, aber durchaus scharfe Stimme des Kommissars: "Es ist geschehen. Kommen Sie zum Tatort, mein Wagen wird sie abholen."

Die Dämmerung setzte ein, der Ort des Geschehens lag so, wie vom Täter vor 20 Jahren beschrieben: unter den Weiden, da, wo der Fluss eine Rechtsbiegung macht und sein Rauschen sich mit dem der lang herabhängenden Weidenäste mischte. Zuschauer gab es um diese Zeit und an diesem abgelegenen Ort keine, Polizisten nur ganz wenige. Noch unberührt von Ermittlungsmaßnahmen lag das Opfer da. Und so, wie es dalag, konnte es nicht sein.

Das Mädchen - etwa zehn Jahre alt - lag auf dem Rücken, blutleer, ohne Arme und Beine - eine gliederlose Puppe, ein Schreckgebilde aus einem Horrorfilm, unwirklich, undenkbar, unmöglich. Blutflecken gab es keine, die fehlenden Gliedmaßen lagen in der Nähe, als ob sie einfach abgefallen wären, wie bei einem Leprakranken, der langsam zerfällt. Die Haut des Mädchens (der Profiler scheute sich, sie *Opfer* oder gar *Leiche* zu nennen) war zart und unversehrt, wenngleich ziemlich hell. Aus der Ferne sah es fast aus wie das Abbild des Vollmonds, rund, still, beruhigend. Oder böse wie die Wesen, die angeblich bei Vollmond aus ihren Löchern schlüpfen und Mensch und Natur terrorisieren.

Doch das wirklich Schlimme, das undenkbar Grausige an diesem Bild am Ende eines Alptraums war eine simple Tatsache: Das Mädchen lächelte. Und das konnte nach einer solchen Verstümmelung nicht sein.

5 Eine Hypothese wird erörtert

Profiler zu sein ist nicht ganz einfach. Wer hier Erfolg haben will, muss ebenso nüchtern wie fantasievoll sein. Er darf sich nicht von Spekulationen hinreissen lassen; er darf aber auch nicht an den Fakten kleben bleiben. Ersteres ist Aufgabe der Schriftsteller, letzteres der Ermittler. Der Profiler muss beides können und im richtigen Augenblick die richtigen Fähigkeiten einsetzen. So ergibt sich das Problem: Wann ist der richtige Augenblick wofür gekommen?

Auch unser Profiler hatte neben dem Studium der Ermittlungstechniken seine literarischen Vorbilder durchforstet. Besonders beeindruckten ihn die Erzählungen des Engländers Gilbert K. Chesterton, der seinen Detektiv, den kleinen, bescheidenen Pater Brown, zu einem echten Profiler modellierte. Und so erinnerte sich der Profiler an die eine Erzählung Chestertons, wo eine Leiche mit durchschnittener Kehle gefunden wurde - und der Tote lächelte. Pater Brown hatte sich, anders als heutige Profiler, in die Seele des *Opfers* versetzt und auf diese Weise den Mord aufklären können. Er hatte sich gefragt: Wann ist es normal, dass jemand hinter dir steht, mit einem Rasiermesser in der Hand? Klar, beim Barbier. So fand der helle Geistliche im dunklen Talar den Ort des Geschehens und damit den Mörder.

Also musste sich der Profiler fragen: Wann lächelt ein Kind, während ihm Arme und Beine abgeschnitten und das Blut entfernt wird? Es war zu grausig, zu unbegreiflich, zu irreal. Und das, was ihm der Kommissar dann erzählte, trug in keiner Weise zur Klärung bei.

"Haben Sie schon von den *Cattle Mutilations*, also von Tierverstümmelungen, in den USA gehört?"

"Nie, ich habe mich immer auf Menschen konzentriert."

"Das dachte ich. Sehen Sie, ich bin etwas esoterisch orientiert und interessiere mich für UFOs und sonstige außergewöhnliche Phänomene."

Ich bin auch ein wenig esoterisch, dachte der Profiler, *aber ich werde mich hüten, das bekannt zu geben.*

Der Kommissar begann zu dozieren:

"Im September 1967 wurde in Almosa im Süden von Colorado eine dreijährige Stute tot aufgefunden. Sie lag auf der Seite und war vom Hals aufwärts nur noch ein Skelett, Blutspuren waren nicht zu finden. Ein Pathologe aus Denver stellte fest, dass das Fleisch mit einer derartigen Präzision vom Skelett getrennt worden war, dass die Verwendung eines Messers ausgeschlossen werden musste. Das Pferd wurde auch auf radioaktive Strahlung hin untersucht. Man stellte tatsächlich messbare Werte fest. Außerdem wurden in unregelmäßigen Abständen Brandspuren gefunden, die ebenfalls erhöhte Radioaktivität aufwiesen. Und so ging es weiter. Tausende solcher Fälle wurden in Amerika gemeldet, nie aber bei uns."

"Gab es irgendwelche Erklärungsversuche?"

"Die Skeptiker sagen: Die Wunden sind ganz normale Wunden, wie sie von Jagdtieren gerissen werden. Die Verschwörungstheoretiker stellen fest: Pentagon/CIA/Geheimorganisationen haben eine neue Laserwaffe ausprobiert, eine Art *Blaster*, wie sie in Science-Fiction-Romanen so schön geschildert werden. Die Esoteriker meinen: Es waren Aliens, die da ihre Experimente machten. Denn zur gleichen Zeit gab es, fast sollte man sagen: natürlich, UFO-Sichtungen."

"Und was glauben Sie?"

"Ich weiß es nicht."

"Wollen Sie vielleicht andeuten, diese mörderische Wiedergeburt des Kinderbuchautors hätte mit einem Laser die Glieder des armen Mädchens abgeschnitten und das Blut irgendwie vampirisch ausgesogen?"

"Haben Sie etwas Besseres?"

"Nein, ich möchte erst die Ergebnisse der Pathologie abwarten. Im übrigen: Was ist mit dem Irren, der gerade entlassen wurde?"

"Der hat ein bombensicheres Alibi. Sein Sozialbetreuer war den ganzen Abend und die Nacht über bei ihm, und der ist zuverlässig. Als Profiler könnten Sie ihn ja befragen. Ich glaube aber trotzdem, Sie sollten sich mit Lewis Carroll und den Verhältnissen im viktorianischen Zeitalter vertraut machen. Ich will Ihnen nicht ins Handwerk pfuschen, das könnte ich gar nicht. Aber irgendwie grummelt es in meinem Bauch, meinem zweiten Denkorgan: Da steckt mehr dahinter als die Verrücktheiten eines Mannes, dem ein Kinderbuch zu Kopf gestiegen ist."

"Also gut" seufzte der Profiler, "fangen Sie an."

"Oh nein, ich nicht. Meine Frau weiß da viel besser Bescheid."

"Heißt die zufällig Alice?"

"Nein, Isa."

6 Eine Persönlichkeit wird analysiert

Der Kommissar verschwand, und dessen Frau betrat den Raum. Der Profiler, bisher eher skeptisch abweisend, war mit einem Schlag elektrisiert. Denn so hatte er sich die Frau eines biederen Kriminalkommissars in keiner Weise vorgestellt. Er hatte sich überhaupt nichts vorgestellt. Aber jetzt, wo sie vor ihm erschien, war er sprachlos. Sie sah aus wie dem Plakat eines Fitness-Studios entstiegen: mittelgroß, extrem schlank (für seinen Geschmack eher mager), ohne besondere weibliche Rundungen, mit eher kindlichem Gesicht und schwarzem Wuschelkopf. Selbst wenn sie stand, gingen große Energien von ihr aus. Wie ein Rennpferd kurz vorm Start, dachte der Profiler. Und wenn sie sich bewegte, dann waren ihre Schritte eher federnde Mini-Sprünge als gemessenes Gehen.

Doch was den Profiler am meisten faszinierte, waren ihre Augen. Besser gesagt: ihr Blick. Die Augen blickten groß und starr in die Ferne, ohne zu blinzeln, ohne Bewegung. Wie ein Adler, dachte der

Profiler, der nach Beute Ausschau hält. Oder der sich nicht fokussieren muss, weil ihm ohnedies nichts entgeht.

Wenn sie ihn ansah, sah sie durch ihn hindurch. Bei allem Einsatz von Logik und Rationalität muss ein Profiler sich auch auf sein Gefühl verlassen, seine Intuition, also die unbewusste Zusammenfassung seiner Erfahrungen durch 'Agenten' in seinem Gehirn, die ihre Wirksamkeit und Existenz sorgfältig vor seinem Bewusstsein verbergen. Und so war seine erste Assoziation mit diesem Augen-Blick das Wort OPIUM. Nicht das Suchtmittel, sondern eine homöopathische Substanz mit den Merkmalen: weit geöffnete Augen, starrer, gläserner Blick; schreckliche Fantasiegebilde, bunt, hell, drohend. Ein Mittel, das besonders angewandt wird, um Kindheitstraumata aufzuarbeiten.

Isa bemerkte weder seinen faszinierten Blick, noch stellte sie irgendwelche Fragen. In knappen, kurzen Worten erklärte sie ihm die Verhältnisse im Hause Liddel - so der Familienname der Familie, zu der die kleine Alice gehörte - , entwarf ein Panorama viktorianischer Verhältnisse und schilderte Alice als keineswegs liebenswürdige Persönlichkeit. Die kleine Alice hatte sich in Gegenwart des um sie so bemühten guten Onkels wohl immer wohlgefühlt und die Aufmerksamkeit genossen, die sie durch ihn erfuhr. Dass er ihr dann ein ganzes Buch widmete (später sogar noch ein zweites), schmeichelte ihr besonders. Der Kontakt riss dann allerdings ab, denn ihre Eltern verweigerten dem Mathematik-Dozenten und Priester von einem Tag auf den anderen den Zugang zu Alice und ihren Schwestern. Was damals vorgefallen war, wurde nie bekannt. Die entsprechenden Seiten in Carrolls Tagebuch wurden nach seinem Tod herausgeschnitten; sie tauchten nie wieder auf. Ob sich Onkel Charles (so sein bürgerlicher Name: Charles Lutwidge Dodgson) sich eines Übergriffs schuldig gemacht hatte, oder ob er von seiner Herkunft her in die Oberschichtfamilie nicht hinein passte, das weiß niemand.

Jedenfalls heiratete Alice ihren Vetter und wurde zu einer strengen, manchmal beinahe grausamen Matrone. Wie sie das Personal behandelte und bestrafte, könnte uns heute anekeln, war aber damals normal und im Rahmen der üblichen Behandlungsweise des niederen Volkes.

Carroll verkraftete die Trennung gut und lernte weiter kleine und größere Mädchen kennen, denen er Briefe, Gedichte und Rätsel schickte. Aber keines inspirierte ihn so wie Alice, und keines seiner folgenden Werke hat die Intensität oder den sprachlichen Witz der Alice-Bücher je erreicht.

Isa sagte, es gäbe da eine Schlüsselszene im zweiten Alice-Buch, die Episode mit der Krähe. Sie holte ein Buch aus dem Schrank hinter ihr und entfaltete das Buch dort, wo ein Lesezeichen steckte. Sie las vor:

"Nun müssen wir uns beeilen, es wird ja so finster wie noch nie."

"Und noch viel finsterer," sagte Zwiddeldei. Es dunkelte so rasch, dass Alice glaubte, ein Gewitter sei im Anzug. "So eine dicke schwarze Wolke!" sagte sie. "Und wie schnell sie näher kommt. Ich glaube gar, sie hat Flügel!"

"Die Krähe ist's!" rief Zwiddeldum mit vor Entsetzen schriller Stimme; und Hals über Kopf suchten die zwei Brüder das Weite und waren im nächsten Augenblick verschwunden.

Alice rannte ein Stück in den Wald hinein und blieb dann unter einem großen Baum stehen. "Hier kann sie mir nichts anhaben", dachte sie, "dazu ist sie viel zu groß, als dass sie sich zwischen den Bäumen durchzwängen könnte. Wenn sie nur nicht so mit den Flügeln schlagen wollte - das bläst ja wie ein richtiger Wirbelwind durch den Wald - und da fliegt jemandem ein Schal davon!"

"Der Schal" sagte Isa und starrte ins Leere. "Ganz rot, aber da war kein Blut, nur - Entschuldigung. Ich war in Gedanken versunken." Im nächsten Augenblick war sie verschwunden, so schnell hatte sie ihren Abgang gestaltet. Sie ließ einen benommenen und denkunfähigen Profiler zurück.

7 Ein Fachmann wird konsultiert

Niemand wusste davon, niemand brauchte es zu wissen: Madame Olga. Sie half ihm weiter, wenn er in einer geistigen Sackgasse gelandet war. So wie jetzt.

Eigentlich war Madame Olga ein Mann, der sich mit 60 Jahren entschlossen hatte, doch lieber eine Frau zu sein. Die Krankenkasse bewilligte ihm den Geschlechterwechsel, aber dem Profiler schien es, er/sie wäre auf halbem Weg stecken geblieben, ohne sich dabei unwohl zu fühlen. Olgas Gesichtszüge waren recht kantig-männlich, der Busen enorm. Aber ob echt oder nicht, und wie es sonst mit seiner/ihrer Psyche aussah, das wusste Madame Olga vermutlich selbst nicht so genau.

Doch Olga hatte spezielle Fähigkeiten, eine Mischung aus Telepathie, Hellsehen und Präkognition. Zwar behauptete sie, immer nur ganz rational vorzugehen und ausschließlich die mathematisch berechneten Sternpositionen zu befragen. Ja, sie würde nicht einmal eigene Interpretationen hineinbringen, sondern das Ganze nur von einem Computer berechnen lassen, der dann auch noch die Texte zusammenstellte. Wer's glaubt. Immerhin verlangte Madame Olga jedesmal die Geburtsdaten (auch ohne Geburtszeit), rechnete eifrig und las dann von einem Ausdruck vor, den ihr das Programm nach kurzer Zeit willig in die Hände legte. Dabei hatte sie selbst einmal gesagt: Ich brauche das Horoskop, damit mein Verstand mit irgendwelchen Belanglosigkeiten beschäftigt ist, während mein wahrer Geist zum Vorschein kommen und etwas erzählen kann. Denn, so fügte sie damals hinzu, nicht ich spreche, "es" spricht aus mir. Was auch immer dieses *es* war.

So konnte der Profiler zumindest bei Vorhandensein von Verdächtigen eine Kategorisierung vornehmen. Ob jemand harmlos oder gefährlich war, stand angeblich in den Sternen. Weder der Profiler noch Madame Olga glaubte daran; dennoch waren deren Charakteranalysen immer treffend. Sie hatten dem Profiler schon oft geholfen, die Auswahl Verdächtiger einzuschränken.

Hier gab es keine Verdächtigen. Dennoch konsultierte der Profiler jetzt seine heimliche Wunderwaffe, allein, um Ordnung in das Chaos seiner Gedanken (und Gefühle) bringen zu können. Die Geburtsdaten zu besorgen war nicht zu schwierig gewesen. Madame Olga war fertig geworden mit Berechnungen und begann mit ihren Analysen.

Der erste Mann ist ein liebenswürdig-versponnener Typ, sehr skurril, mit Eigenheiten, die ihn in Deutschland zum Außenseiter, in England zum geachteten Mann machen würden. Er ist fortschrittlich und optimistisch, ein bisschen lässig und respektlos. Er liebt das Abenteuer, aber mehr geistiger Natur. In Liebesdingen ist er idealistisch, romantisch, und recht neugierig, aber eher geeignet für Freundschaften als für heiße Affären. Sex interessiert ihn wenig, und er ist kein Mann für die Ehe. Tief in seinem Innern ist er ein netter Mensch und ein guter Kamerad.

Der Schriftsteller! Kein Jack the Ripper, kein Kinderschänder, eher so, wie er der Umwelt erschien, wie er auf den Fotos aussah, wie er sich selbst darstellte.

Der zweite Mann ähnelt dem ersten ziemlich. Er ist ein sanftmütiger, friedliebender Romantiker, allerdings mit zuviel Fantasie gesegnet. Er ist so sensibel, dass er Gefühle aus seiner Umgebung wahrnimmt und dann denkt, es wären seine eigenen. Er möchte immer nur das Schöne sehen, aber je nach Umwelt überwältigt ihn das Hässliche und schmerzt ihn umso mehr, zumal er sich so schlecht von der Außenwelt distanzieren kann.

Der Irre! Noch so ein Harmloser.

Der dritte Mann · ist ein Idealist, der eine Mission hat, aber wahrscheinlich nicht weiß, welche. Auch er fühlt sich vom Schönen hingezogen, auch er möchte das Hässliche meiden. Da er aber eine Art Dämon in sich hat, der ihn immer wieder zum Hässlichen treibt, wird er sich gern mit den Abgründen menschlicher Seelen beschäftigen, ohne selbst abgründig zu werden.

Diese Olga! Jetzt hat er mich durchschaut, dachte der Profiler, denn das bin ich selbst.

Die Frauen, sagte Madame Olga, *sind nicht so harmlos.*

Die erste Dame ist ein harter Knochen. Sie war immer selbständig, hat vermutlich schon als Kind die anderen Kinder tyrannisiert und sich nie etwas sagen lassen. Sie ist entschlossen, wagemutig, aggressiv, und von überbordenden Gefühlen beherrscht. Wahrscheinlich hat sie gelernt, die im Zaum zu halten. Eigentlich will sie Gerechtigkeit, aber ihr Egoismus kommt ihr immer wieder in die Quere. In Liebesdingen ist sie ebenso entschlossen wie besessen, und nur <u>ein</u> Liebhaber reicht ihr nicht. Dazu braucht sie viel Aufmerksamkeit - eine Bühne, wo sie sich darstellen und wo sie herrschen kann.

Die Frau des Kommissars!

Die letzte Frau neigt nicht nur zu düsteren Gedanken, weil sie alles so ernst nimmt; sie leidet auch irgendwie an Verfolgungswahn. Die Welt oder einzelne Personen haben sich gegen sie verschworen, um sie unglücklich zu machen. In der Liebe ist sie extrem eifersüchtig, und zusammen mit ihrer Entschlossenheit kann das zu Problemen führen. Mit der Dame vorhin hat sie gemeinsam, dass sie eine Bühne braucht, noch viel dringender als Nr. 1. Dazu kommt aber noch ein Aspekt, den die Astrologen den 'Todesaspekt' nennen. Irgendwie kommt sie immer in Situationen, die mit Tod und Sterben zu tun haben. Das kann passiv oder auch aktiv sein. Insgesamt: Von allen Deutungen der weitaus gefährlichste Charakter!

Die kleine, liebe, harmlose Alice im Wunderland!

Die Zeit war gekommen. Es lag nicht nur am Föhn, der die Wirklichkeit verdämmerte, die Gefühle verflüchtigte, die Wahrnehmung verschleierte. Es lag nicht am aufkommenden Sturm, der die Schlacken der Seelen aufwühlte. Doch die Zeit war da für die große Krähe, die alles verdunkelt und damit die Schatten der Vergangenheit sichtbar werden lässt, als greifbare Gestalten, als Fratzen lächerlicher Wichtigkeit, als Menschen voll Dunkelheit und Ekel. Der rote Schal ...

Soweit sie sich erinnern konnte, hatte er ihn immer getragen, wenn er, als sie noch ein kleines Mädchen war, ihr Schlafzimmer aufsuchte. Wie eine riesige Zunge, die ihm aus dem Mund hing, Wolfslefzen eines hungrigen Tieres. Seine Absicht -

Sie hatte früh gelernt, ihre Kräfte zu entwickeln. Es war erstaunlich. Sie erstarrte nicht, sie schrie nicht, so verkroch sich nicht. Sie packte ihn, wo immer sie seiner habhaft wurde, am Schal, am Armgelenk, an den Hemdknöpfen, was immer sich anbot. Er konnte ihr nichts tun, sie wusste das. Aber natürlich lag es nicht nur an den scheinbar übermenschlichen Kräften eines kleinen Mädchens. Wenn er kam, war er immer betrunken (eigentlich war er auch sonst immer betrunken), und er roch nach Fusel-Fahne, Männer-Schweiß und Trocken-Urin. Alle wussten, er war ein Säufer, doch niemand konnte ihm etwas anhaben. Ihre Mutter nicht, denn die zerfloss immer vor Mitleid und war überzeugt, nach seinem letzten Reue-Bekenntnis würde alles besser. Nicht der Bürgermeister, der ihm Gefängnis drohte, weil er im Suff wieder jemand angefahren hatte, denn er war der 'Patron' der Stadt, der reichste Mann, dem niemand was konnte.

Zur Abwehr verließ sie sich nicht nur auf ihre Kraft. Sie hatte auch immer eine Schere unter der Decke, stichbereit, verborgen. Doch er wusste es, und das war ihre entscheidende Waffe. Denn vor eigenen Schmerzen hatte er furchtbar Angst, wie viele grausame Menschen war er wehleidig und furchtsam, wenn ihm eine gleichwertige Kraft begegnete.

Irgendwann gab es wieder einen Unfall, und diesmal war er dran. Er kam ins Krankenhaus, wo sich niemand mehr um ihn kümmerte. Seine Frau ließ sich endlich scheiden, die Familie war frei - äußerlich. Doch die Erinnerung blieb, die Schere auch. Sie hütete das Utensil wie andere ihren Teddybär oder die Puppe aus Kindertagen. Oft liebkoste sie das Instrument und brachte es zur Anwendung - bei sich selbst. Die Schnitte gaben ihr ein Gefühl der Lebendigkeit, das Blut erinnerte sie an den roten Schal, der Alkohol, den sie darüber goss, verhalf ihr zu jener Ekstase, die sie sonst nirgendwo erlebte. Auch nicht beim Sex; dort schon gar nicht.

Und eines Tages entdeckte sie die Welt des Untergrunds, bildlich und wörtlich. Der Fall der kleinen Alice durch das Kaninchenloch wurde ihr zum Symbol eines anderen, niemandem sichtbaren Lebens. Sie studierte die Bücher des Autors, eines sanftmütigen viktorianischen Mathematikers, und sie vertiefte sich in seine Biographie. Dass ihr Vorname mit der einer langjährigen Freundin des Autors übereinstimmte - Isa Bowman, die Schauspielerin - erhöhte die Bindung an die seltsamen Welten des nicht minder seltsamen Schriftstellers.

Und eines Tages fand sie das reale Pendant zum fiktiven Schlupfloch in die verschlungenen Gärten des Unbewussten. Es war eine Hütte im Wald, in der Nähe des Flusses, da, wo er eine Biegung nach rechts macht und von Trauerweiden beinahe vollständig zugedeckt wird. Die Hütte - uralt, kaum noch als Gebäude erkenntlich - wies keinerlei rechte Winkel auf. Alles war schief, verdreht, verkrümmt, verbogen. Die Fenster starrten sie dunkel an, die Tür verweigerte den Zutritt, das eingefallene Dach blockierte das, was vom Inneren der Hütte überhaupt noch übrig war.

Aber sie war stark und entschlossen. Tief in ihrem Unterbewusstsein wusste sie, dass sie den Zugang zur Vergangenheit entdeckt hatte. Sie brauchte nur den Eingang finden, dann konnte sie dem Nachtmahr ihrer Kindheit begegnen. Und die Schere war immer dabei.

Die Wolken zogen vorüber, wurden dichter, strahlten in schwefligem Gelb, als würden sie den Schein eines weit entfernten Feuers widerspiegeln. Eine dunkle, sehr tiefliegende Wolke kam ganz langsam näher, schob sich unter die hellen gelben Leuchtschichten, drängte sie in die Höhe, drängte alles andere beiseite, kam tiefer und näher. Kleine schwarze Miniwirbel griffen nach der Erde, suchten, wollten etwas fangen, Rüssel des Hungers, begierig, alles aufzusaugen, was ihrem Appetit entsprach. Es waren viele schwarze Schläuche, die sich langsam auf die einsame Joggerin herabsenkten. Die ihr nachliefen, die ihr Ziel endlich gesichtet hatten und es nun konsequent verfolgten. Unter all dem lag, als eine Art *Basso Continuo*, das Rauschen des Flusses und das Flüstern der Weidenäste im aufkommenden Sturm.

Sie war nicht nur stark, sie war auch schnell, dazu geschmeidig, wie eine schwarze Katze, die auch unter einem festen Zaun durchkriechen und dem Unheil entkommen kann. Sie fand die Hütte, sie fand einen Spalt, den sie mit ihren starken Händen verbreiterte, sie fand Zugang zu Staub, Spinnweben, Moder und Verwesung. Aber all das störte nicht. Denn ganz am Ende des dunklen Raums, für normale Augen nicht sichtbar, erahnte sie etwas, das noch schwärzer war als die Krähe über ihr oder das Dunkle in ihr. Dort musste sie hin! Auch wenn es aussah wie ein Ölfleck, es war, das wusste sie schon seit langem, der Eingang zur Welt, die ganz die ihre war, in der sie endlich Erlösung finden würde, die sonst niemand betreten konnte, die nur ihr gehörte. Nur ihr - und ihm. Denn dort würde sie ihm begegnen und ihn zur Rede stellen. Nicht Rache nehmen, ihm einfach auf gleicher Höhe begegnen.

Sie tastete sich langsam vor, immer den Blick auf die wesenlose Dunkelheit gerichtet, stieß Barren, Fetzen, Splinten beiseite, schnitt sich an verfaulten Spitzen, schleifte verrottete Lumpen, verfing sich in gekrümmten Spannten. Doch nichts konnte sie aufhalten. Und da war sie dann. Die Öllache starrte sie an, sie stellte ihren Fuß hinein - es gab keinen Widerstand. Sie fasste ihre Schere, konzentrierte ihren Mut und sprang mitten in die Dunkelheit der Leere.

9 Ein Gespräch wird geführt

Der Mathematiker bastelte gerade an einer Fledermaus aus Papier, Zahnstochern und Gummiringen (sie sollte wirklich fliegen können, das hatte er seiner neuesten Freundin, der kleinen Nelly versprochen), da stand *sie* plötzlich vor ihm, die Muse seiner Kindheit, jetzt eine stattliche Hausfrau mit leicht herabhängenden Mundwinkeln und Lidern, die ihre Augen zum Großteil verbargen.

Einen Augenblick starrte er sie verblüfft an, dann sagte er: "Wie bist du hier hereingekommen?"

"Vielleicht durch ein Kaninchenloch?" antwortete sie. "Oder durch den Spiegel?"

Der Mathematiker fasste sich wieder. "Nimm doch Platz" sagte er, und: "Darf ich ein Foto von dir machen, wie in alten Zeiten?"

"Nein."

"Aber ich habe doch immer - du kannst dich doch an deine wunderbare Verkleidung als Zigeunermädchen erinnern."

"Es war *deine* Verkleidung. Es waren *deine* Fotos. Es war *dein* Buch, auch wenn du es *mir* gewidmet hast. Und es war *dein* Erfolg, auch wenn *ich* darin die Hauptrolle spiele."

"Und jetzt bist du eine erfolgreiche, glückliche Frau, lebst in Wohlstand, hast drei Söhne ..."

"Erfolgreich? Glücklich? Weisst du eigentlich, was du mir angetan hast?"

"Ich habe doch nie -"

"Nein, du hast nie - nie wieder dich um mich gekümmert, nach unserer abrupten Trennung."

"Ja, aber die hat mich genauso geschmerzt. Ich konnte doch nichts dafür, dass deine Eltern plötzlich meinten, ich hätte nicht ihre Klasse. *Sie* haben uns doch auseinander gebracht, *sie* haben mir verboten, mich weiter um dich zu kümmern."

"Kümmern! So nennst du das! Weißt du, was du mit mir getan hast, als ich ein Kind war?"

"Ich hab dich fotografiert, in verschiedenen Kostümen."

"Nein. Du hast das aus mir gemacht, was ich immer wollte, was ich immer brauchte, was mein Leben ausgemacht hat: eine Königin. Wie in deinem Fortsetzungsbuch, wo ich am Ende eine Krone kriege. Und du hast mich von klein auf an diese Rolle gewöhnt. Aber ich hab die Krone schon gehabt, durch deine Fotos, deine Geschichten, deine Spaziergänge und Ausflüge. Du hast mich auf eine Bühne gestellt, ich habe dieses Leben genossen. Ich habe diese Bühne gebraucht wie du deine Basteleien. Und dann? Ganz plötzlich verschwand ich im Hinterzimmer. Die Krone war weg, die Scheinwerfer waren weg, die Rollen, die du mir zugeteilt hast, waren weg. Ich stand im Schatten! Weisst du, wie sich jemand fühlt, der in eine Höhle fällt - vielleicht sogar in ein Kaninchenloch - und keine Sonne sieht, keine Luft mehr zum Atmen hat, keine Zuneigung mehr bekommt?"

Während sie sich vorbeugte und der Mathematiker ihren heißen Atem spürte, wie er es so oft erlebt hatte, als sie als Kind auf seinem Schoß saß und durch ihre Lebendigkeit ihn aus seinem langweiligen Dozenten-Alltag riss - währenddessen begannen ihre Augen lebendig zu werden. Goldene Lichtpunkte tanzten in ihren Pupillen, die Dunkelheit der Iris hellte sich auf, ihre Augen wandelten sich zu grünen Lichtern mit tausenden flinken Leuchtkäfern, die über sie huschten und irreale Wege markierten.

Der Mathematiker schwieg, denn er hatte die Welt - ihre Welt - nie so gesehen. Und bevor er noch etwas entgegnen konnte, fuhr sie fort:

"Ich bin von der Sonne ins Graue gefallen. Mein Leben sieht jetzt so aus wie deines, bevor du mich kennen gelernt hast - langweilig, öde. Aber du? Du hast weiter gemacht. Du hast unzählige kleine Mädchen kennen gelernt, hast sie fotografiert, mit Briefen und Rätseln überschüttet, hast dich in deinem kärglichen Leben bestens eingerichtet, du hast mich einfach vergessen. Hier -"

Sie nahm eines der Fotos, die auf dem Tisch lagen, betrachtete es prüfend mit zusammengekniffenen Augen, nahm dann seine Schere, die am Tisch lag, und begann, das Bild zu zerschneiden. Dabei ging sie methodisch vor, schnitt erst Arme und Beine ab, warf dann die Fotofetzen auf den Boden, holte sich, bevor der Mathematiker sie daran hindern konnte, das nächste Bild, und wiederholte die Prozedur, während sie das lachende Mädchengesicht voll Ekel betrachtete. Da wachte der Mathematiker endlich auf und griff nach seiner Schere. Es entspann sich ein Kampf. Die Hausfrau war erstaunlich stark, wozu ihre Wut, ihr Hass, ihre Erinnerungen wohl auch beitrugen. Der Mathematiker war gehemmt, in vieler Hinsicht. Als es ihm endlich gelang, ihr die Schere zu entreissen, verletzte er sich am linken Arm. Blut tropfte zu Boden, ein kleiner Faden, eine seidige rote Schnur, ein dünner Schal.

Die beiden starrten einander an. Der Mathematiker fasste nach einem Taschentuch und legte es auf die Schnittwunde. "Vielleicht sollte ich dich doch nicht fotografieren." sagte er. "Nein," sagte sie. "es ist vorbei und vergessen."

Beide setzten sich. Die Luft war wieder entladen, eine Art versöhnlicher Hauch von Papier und Klebstoff durchwehte das überladene Arbeitszimmer. "Die Vergangenheit - "sagte der Mathematiker.

"Ja, die Vergangenheit. Vergessen wir, was danach kam. Träume sind auch schön. Dir geht es gut, mir auch. Jeder hat, was ihm gebührt. Lebwohl, und kleb die Fotos wieder schön zusammen."

"Leb wohl." sagte der Mathematiker, und die Trauer versagte ihm beinahe die Stimme. "Es war schön, dich wieder gesehen zu haben."

"Ich habe mich auch gefreut." Ihre Augen waren wieder verschleiert, doch die Mundwinkel hingen nicht mehr herab, und eine Art fröhliches Zwinkern zuckte über ihre Lider.

Kann die Fantasie der Welt ihren Schrecken nehmen? dachte er. *Können wir mit unseren Gedanken eine schönere Welt erschaffen, die sich dann in die Realität ergießt, wenngleich nur in winzigen Tropfen?* Er hob die Splitter der gefrorenen Wirklichkeit - also die

Fotoschnipsel - auf und begann, sie mit Klebstoff und Geduld wieder zu einem Ganzen zusammen zu setzen.

10 Ein Gedicht wird vorgetragen

"Lesen Sie das" sagte der Kommissar und reichte dem Profiler ein postkartengroßes Buch mit grüngeschecktem Einband. Der Profiler nahm es vorsichtig in die Hand, drehte es so, dass die Titelseite nach vorne blickte (obwohl sie genauso aussah wie das Hinterblatt), öffnete langsam das Buch und warf einen Blick auf die Seiten. Die erste Seite war leer, desgleichen die zweite. Auch die dritte, die vierte, die letzte - das Tagebuch enthielt keinerlei Aufzeichnungen.

"Was soll ich denn lesen?" fragte der Profiler und gab das Buch dem Kommissar zurück. Der schlug es auf und betrachtete es mit starrem Blick. "Ich war sicher - "

Die beiden Männer schwiegen. Irgendeine Erinnerung an dunkle Stunden lag im Raum, der Hauch einer gelben Wolke, der sanfte Geruch nach Moder und Schärfe. Ungreifbare Gedanken, tief versteckt im Dunkel einer unzugänglichen Welt.

"Muss wohl geträumt haben." sagte der Kommissar.

"Hoffentlich war es kein Alptraum." sagte der Profiler.

"Ich weiß nicht ... trinken wir doch erst einen Kaffee. Meine Frau hat da was vorbereitet, mit Kuchen. Lorena!"

Lorena kam mit einem Riesentablett herein. Sie war eher klein, ein bisschen, naja, pummelig, mit freundlichem Gesicht und leicht abstehenden Ohren, die sie aber durch ihre weißblonden Haare geschickt verbarg. Sie grüßte den Gast freundlich, zögerte eine Weile, und sagte dann zum Profiler:

"Interessieren Sie sich für Märchen?"

Sie wartete die Antwort gar nicht ab, sondern sprach gleich weiter. "Ich habe da zufällig ein paar tolle englische Märchen entdeckt, von einem Herrn Carroll. Der hat die Erlebnisse eines kleinen Mädchens namens Alice geschildert. Wunderbar! Und im zweiten Band gibt es ein Gedicht, das ist so witzig, das muss ich Ihnen vorlesen. Sie haben doch nichts dagegen?"

Sie wartete die Antwort gar nicht ab, sondern fasste nach einem Buch im Bücherschrank hinter ihr, schlug es am Lesezeichen auf und begann zu dozieren:

's war feuchtlich und die Glitschesteine
Sie schaukeln gleitend in der Webe
Erbärmlich war'n die Bürgerbeine
Und wer nicht gehen kann, der schwebe.

Sie kicherte. "Lustig, nicht wahr? Und so sinnlos!"

Der Profiler hatte einen Augenblick das Gefühl, in zwei Welten gleichzeitig zu leben. Oder sich an zwei Existenzen zu erinnern. Oder eine gespaltene Persönlichkeit zu sein. Das Gefühl verschwand bald wieder, der Kaffee roch betörend, der Kuchen schmeckte vorzüglich. *Warum irgendwelchen Alpträumen nachhängen, dachte er, wenn die Welt so viel Schönes zu bieten hat. Zum Beispiel einen Schokoladenkuchen mit Pflaumenmarmelade.*

Die tausend Beleidigungen des Herrn Courtney
von Robert F. Young

Erschienen in fantastic 13/7, July 1964. Übersetzt von Peter Ripota

Wer war der fremde Liebhaber? Und wenn er ihn erwischte, wie konnte er ihn bestrafen? Bei Zeitreisen kann Frage (1) eine ungewöhnliche Antwort ergeben, und Frage (2) sollte erst gar nicht in Betracht gezogen werden!

Vorbemerkung

Robert F. Young (1915 - 1986) war ein gebildeter und romantischer amerikanischer SF-Autor, in Frankreich bekannter als bei uns oder in seiner Heimat. Seit 1963 schrieb er Kurzgeschichten für Startling Stories, Playboy, The Saturday Evening Post und Collier's. Sein Stil ähnelt am ehesten dem von Ray Bradbury, doch zeichnen sich seine Erzählungen durch sorgfältige Charakterisierungen und genau durchdachte Handlung aus.

In meinem Buch über Zeitreisen habe ich drei seiner wunderbaren Erzählungen präsentiert. Hier nun eine weitere Geschichte, mit Anlehnungen an zwei klassische Erzählungen:

- In der Erzählung "A Cask of Amontillado" von Edgar Allan Poe mauert der namenlose Held seinen Kritiker Fortunato im Keller ein. Die Erzählung beginnt mit den Worten: "Die tausend Beleidigungen Fortunatos ... ". Daher der Name für Youngs Geschichte, sowie das Zitat am Ende: "Um Gottes Willen, Montresor!".

- In der Erzählung "La Grande Breteche" von Honore de Balzac überrascht ein Mann seine Frau, wie sie gerade ihren Liebhaber in der Kammer des Wandschranks versteckt. Der erzürnte Ehemann mauert die Kammer zu.

Das gleiche macht der Anti-Held der Youngschen Geschichte. Weil er aber nicht weiß, wer dieser Liebhaber war, und weil ihn die Neugier plagt, möchte er unbedingt dessen Identität herausfinden. Mit fatalen Folgen. Denn Young bringt ein Element in seine Erzählung, das er meisterhaft beherrscht: Zeitreisen. So schlüpft Herr Courtenay in die Vergangenheit, und das bringt meist nichts Gutes. Denn wird die Vergangenheit/Gegenwart/Zukunft (je nach Standpunkt) irgendwie manipuliert, kann das unvorhersehbaren Folgen nach sich ziehen!

Herr Courtney jr. verdankte seinen Nachnamen einer Caprice seitens Herrn Courtney sr., sowie einer Gruselgeschichte von Edgar Allan Poe. Es war aber nicht Poe's "Fass Amantillado", was Herrn Courtney jr. am meisten während seiner jugendlichen Vorliebe für das Makabre faszinierte, sondern eine Gruselgeschichte ähnlicher Natur von M. de Balzac. In späteren Jahren kehrte Herr Courtney immer wieder zu dieser Geschichte zurück, und je öfter er sie las, desto mehr wuchs seine Faszination und desto mehr wünschte er sich ein Erlebnis, wo er die Situation des Balzacschen Protagonisten nachempfinden konnte. Als er deshalb eines Tages im Frühling früher nach Hause kam und aus dem weißen Gesicht und dem fusseligen Benehmen seiner Gattin schlussfolgerte, dass sie einen Liebhaber hinter der Schranktür im Schlafzimmer verbarg, überrascht es nicht weiter, dass er die Tür verschloss, den Schlüssel in die Tasche steckte und schnurstracks die Ziegelsteine anpeilte, die er für ein Gartenlagerfeuer besorgt hatte.

Die Ziegel stapelten sich an der Hausseite, nicht weit vom Schlafzimmer entfernt, und es war nur ein Werk weniger Minuten, das Mückennetz zu entfernen und die Ziegel durchs Fenster zu werfen, damit sie für die Fortsetzung seines Projekts zur Verfügung standen. Als nächstes stieg Herr Courtney in den Keller hinab, mischte ein wenig Zement an, holte Sand, Kalk, Kelle und Spachtel, trug alles nach oben zur Szene der nun folgenden Aktionen. Danach holte er einen Eimer Wasser aus der ultramodernen Küche. Grimmig entschlossen begann er, den Zement zusammen zu mischen. Währenddessen stand seine Frau Alicia weißgesichtig und sprachlos vor der Schranktür, mit ausgestreckten Armen, also ob sie das beschützen wollte, was sich hinter der Tür verbarg.

Als der Zement fertig war, erhob sich Herr Courtney. Der Höhepunkt des Dramas war erreicht, und er zelebrierte ihn bewundernswert. Er konfrontierte Alicia mit der Forderung, sie solle zugeben, dass sich hinter der Tür jemand befinde. Ansonsten solle sie bei allem, was ihr heilig sei, beschwören, dass dem nicht so wäre. Offensichtlich erahnte sie zum ersten Mal wirklich seine Absichten. Denn die Farbreste in ihrem Gesicht verschwanden nun endgültig, und sie fiel bewusstlos zu Boden. Diese Reaktion entsprach nicht ganz M. Balzac, aber sie war gut genug für Herrn Courtney. Er schleifte sie zur Seite, fasste die Kelle und begann, die Ziegelmauer zu bauen.

Das Leben klappte für Herrn Courtney wie am Schnürchen, seitdem seine erste Frau bei einem vorgetäuschten Autounfall ums Leben gekommen war und er endlich Zugang zu ihrem bescheidenem Vermögen hatte, das ihr ihr Vater vererbte und das für Herrn Courtney bisher gesperrt blieb. Courtney war ab da unfähig, seine Finger vom Geld zu lassen. Er hatte sich in die "Cloverdale Research & Development Company" eingekauft. Ein Vierteljahrhundert hatte er dort als unterbezahlter Buchhalter verbracht, bis er seine alte Klapperkiste gegen einen prestigeträchtigen Chromschlitten tauschte und Eingang fand in den verzauberten Zirkel der Cadillac-Gesellschaft, an dessen Peripherie er so hungrig jahrelang gedarbt hatte. Jetzt hieß es "Herr Courtney" und "Sir", nicht mehr "Court" und "Monty". Es gab fortan trockene Martinis im Hamiltonhaus anstelle des Dosenbiers in der "Blauen Gans"; ein schickes Vorstadthaus in Halcyon Crest anstelle der Proletarierbehausung in der gering geachteten Locust Street [Heuschreckenstraße]. Ja, Herr Courtney hatte es geschafft, endlich, und wenn das Geheimprojekt seiner Firma Erfolg hatte, stand ihm die ganze Welt offen. Dieses Geheimprojekt war der Anlass gewesen, sich an der Firma zu beteiligen. Tatsächlich hatte ihn das Geheimprojekt auch zum vorgetäuschten Unfall inspiriert, damit er an das Geld kam, das er dafür brauchte.

Man könnte sagen: Nach dem Unfall war der einzige Fehler, den Herr Courtney beging, dass er Alicia heiratete. Tatsächlich hatte es sich mehr um eine natürliche Reaktion denn um einen Fehler gehandelt. Blond und blauäugig, geschmeidig und lieblich wie sie war, verkörperte sie den Traum mittelalter Neureicher, die so eine Erscheinung mit Cadillac und Kaviar assoziierten. Und als Herr Courtney sie wie eine tauperlende Göttin hinterm Tresen eines Restaurants für Geschäftsleute stehen sah, in der nahegelegenen Stadt B-, konnte er ihr genausowenig widerstehen wie ein Junge mit zehn Cent in der Tasche einer Eistüte. Bevor er wusste, wie ihm geschah, besaß er eine herrliche neue Frau für sein herrliches neues Auto und sein herrliches neues Haus; und auch bevor er wusste, wie ihm geschah, erregte seine herrliche neue Frau den Verdacht, sie betrüge ihn. Wenn das wirklich zutraf, musste man ihr zugute halten, dass sie die Angelegenheit bis zu diesem Nachmittag äußerst diskret verfolgte; und aller Wahrscheinlichkeit nach hätte ein weniger raffinierter - oder weniger eifersüchtiger - Ehemann als Herr Courtney den häufigen Einkaufstouren seiner Frau in B- keine unangebrachte Bedeutung beigemessen, oder zur geistesabwesenden Art, wie sie seine mittelalten Leidenschaften quittierte. Es war aber nötig, reichlich früh am Morgen aufzustehen, um Herrn Courtney täuschen zu können.

Das sollte ihr eine Lehre erteilen, dachte er, während er den letzten Ziegelstein an seinen Platz steckte und mit einer großzügigen Portion Mörtel befestigte. Während der ganzen Zeit drang nicht der geringste Laut aus der Kammer, oder wenn doch, dann hatte er ihn überhört. Wahrscheinlich war der Eingemauerte (um wen auch immer es sich dabei handelte) so erschreckt, dass er kein Wort des Protests äußern konnte. Der Schrecken musste so tief sitzen, dass der Eingeschlossene nicht einmal sein Dasein in irgendeiner Weise bekundete, sonst hätte er schon längst gegen die Wand gehämmert und mit höchster Lautstärke geschrien. Herr Courtney rieb sich die Hände und genoss den Augenblick für all das, was er für ihn bedeutete; dann betrat er seine Höhle, holte den großen gerahmten Poster eines Stierkampfs, der er vor kurzem bei einem Ausflug nach B- erworben hatte, brachte ihn ins Schlafzimmer und hing ihn vor die Ziegelwand. Die Tarnung war nur vorübergehend, sie diente dazu, Alicia von der Ernsthaftigkeit seines Handelns zu überzeugen. Sobald sie wieder zu sich kam, würde sie sicher zugeben, dass sich jemand tatsächlich in der Kammer aufhielt, woraufhin Herr Courtney den Poster entfernen, die Wand einreißen und denjenigen, der sich dahinter verbarg, in Ruhe gehen lassen würde. Herrn Courtneys Absicht lag darin, ihr eine Lehre zu erteilen, nicht, einen weiteren Mord zu begehen.

Das Problem lag nur darin, dass Alicia zwar ihrer Sinne wieder mächtig wurde, nicht aber ihrer Stimme. Nachdem sie die Augen geöffnet und sich aufrecht hingesetzt hatte, sprach sie kein einziges Wort. Sie saß einfach auf dem Boden und starrte mit leeren Augen auf den Torero. "Schau, Alicia," sagte Herr Courtney und wurde ärgerlich, "es besteht keine Notwenigkeit für dieses Theater. Ich bin nicht wirklich der Comte de Merret," (Alicia hatte die Geschichte 'La Grande Bretèche' von Balzac ebenfalls gelesen). "Du brauchst nur zuzugeben, dass wirklich jemand in der Kammer hockt, dann breche ich die Mauer ein und lass ihn gehen. Aber wenn du *nichts* zugibst, muss ich annehmen, dass die Kammer leer ist, sodass kein unmittelbarer Bedarf besteht, die Mauer einzureißen. Es liegt alles nur an dir."

Sie antwortete nicht.

Sie antwortete auch später nicht auf seinen Vorschlag, als er Kelle und Mörtel in den Keller gebracht und seine Hände gewaschen hatte. Sie saß immer noch auf dem Boden und ihre Augen fixierten den Matador. Schließlich gab Herrn Courtney auf, mit ihr zu argumentieren. Er zog sie ins Bett, streifte ihr die Schuhe ab und deckte sie zu bis zum Kinn. Nachdem er alles aufgeräumt hatte, ging er ins Wohnzimmer und genehmigte sich einen scharfen Gin mit Tonic.

Herr Courtney wollte nicht zum Äußersten gehen. Normalerweise war er ein vernünftiger und sensibler Mann, der stets unter seinem erträglichen Alkoholspiegel blieb. Aber er hatte auch noch nie zuvor jemand eingemauert ...

Als er das Schlafzimmer am nächsten Morgen betrat (er hatte die Nacht auf dem Sofa im Wohnzimmer verbracht), lag Alicia auf der Seite und starrte den Stierkampfposter an, als ob sonst nichts in der Welt existiere. Ihm kam der Gedanke: Wen immer er auch eingeschlossen hatte, er musste inzwischen erstickt sein, und so hatte sein Vorschlag den Biss verloren. Dennoch brachte er ihn erneut vor, dreimal, sodass sie ihn auf keinen Fall überhören konnte. Doch auch wenn sie nur ein Wort mitbekam, sie zeigte nichts davon.

Nach einer schnellen Rasur machte er Kaffee und trank drei Tassen schwarz. Dann fuhr er zur Arbeit. Eine Zeitlang machte er sich ununterbrochen Gedanken, doch als sein Katzenjammer allmählich verschwand und das Interesse am Geheimprojekt erwachte, ersetzte

Begeisterung seine Unruhe, und sein Geisteszustand wandelte sich zum Besseren. Er hatte das Projekt unterstützt, seitdem er der Firma als Mitinhaber beigetreten war, und dabei die hartnäckigen Einwände seitens Charly Snowdens überwunden. Jetzt sah es so aus, als hätte er gewonnen. Gestern hatten er und sein Partner Fred Greaves einen Kugelschreiber zurückgeschickt und wieder erhalten, und heute wollten sie ihr Glück mit einem Hamster versuchen. Natürlich würde es noch Monate dauern, bevor die Maschine so vollendet war, dass man mit ihr menschliches Leben riskieren konnte, doch am Kommen dieses Tages - und mit ihm von Ruhm und Reichtum - bestand kein Zweifel.

Seine Hochstimmung schwand, als er beim Ankommen in der Wohnung Alicia immer noch im Bett vorfand, wo sie immer noch den Stierkampfposter anstarrte. Er verlor keine Zeit, rief einen Arzt, und der Arzt verlor keine Zeit, einen Rettungswagen anzufordern. Alicia fand ihre Stimme teilweise wieder, als die Sanitäter sie auf einer Trage in den Wagen brachten. Und wie sie ihre Stimme fand! Ihre Schreie hörte man drei Häuserblocks entfernt.

Aus dem Krankenhaus brachte man sie in eine private Nervenklinik. Herr Courtney besuchte sie mehrmals am Tag. Sollte sie wissen, wen sie vor sich hatte, hütete sie dieses Wissen wie ein dunkles Geheimnis. Die vorläufige Diagnose lautete 'katatonische Schizophrenie', was, wenn Herr Courtney den Ausdruck korrekt interpretierte, bedeutete, dass er sich nicht die Mühe machen musste, ihr seine neulichen Baumaßnahmen zu erklären. Nicht, dass ihn das besonders beunruhigt hätte; in seinen Büchern verbreiteten Frauen, deren Liebhaber eingemauert wurden, selten diese Tatsachen in irgendeiner Form weiter. Er unterzeichnete die Papiere, die dem Klinikpersonal erlaubten, sie sie lange zu behalten wie sie es für nötig erachteten, und ging.

Zurück in seinem trauten Heim studierte er den Stierkampf. Jetzt würde er nie erfahren, ob er einen Nebenbuhler eingemauert hatte oder ein Fantasiegebilde. Es war natürlich möglich - wenn ersteres zutraf - dass irgendwer den Mann das Haus betreten hatte sehen; aber von Herrn Courtney konnte man kaum erwarten, dass er in der

Nachbarschaft umherging und die Leute befragte, besonders nicht im Hinblick auf die finsteren Blicke, die ihm manche zuwarfen, wenn sie ihm begegneten, seit Alicia schreiend das Haus verlassen hatte. Nun, da der Mann offensichtlich aus der Stadt gekommen war, musste sein Verschwinden irgendwann in den städtischen Medien aufscheinen. Herr Courtney studierte sie jeden Tag, fand aber nichts.

Vielleicht war die Kammer tatsächlich leer.

Doch das konnte nicht sein! Wäre da nichts gewesen, hätte Alicia ihn nicht auf die Weise angesehen, wie sie es tat, als sie an dem Nachmittag aus dem Schlafzimmer kam und ihn im Flur sah. Hätte sie nicht jemand versteckt, dann hätte sie nicht so geschrien und versucht, die Schlafzimmertür zu blockieren, um nachher zum Wandschrank zu laufen, die Kammertür zu verschließen und sich davor zu stellen. Aktionen solcher Natur seitens der eigenen Frau riefen laut "schuldig", nicht "unschuldig".

"Ich hab genug davon," sagte eines Abends Herr Courtney zu Herrn Courtney. "Wir werden die Mauer einreißen und ein für alle Mal Klarheit erlangen."

Also holte er einen Dreißig-Kilo-Vorschlaghammer aus dem Keller, entfernte den Poster und bereite sich auf den ersten Hammerschlag vor. Doch so weit kam es nicht. Vor kurzem schon hatte Herr Courtney bemerkt, dass er unter Nekrophobie litt, was ihn unter normalen Umständen nicht störte, unter den jetzigen Umständen aber schon. Schaudernd klebte er den Poster wieder an und verstaute den Hammer im Keller.

Der Sommer kam, errichtete sein blaues Zeltdach, bleichte das Grün des Frühlings, brach das Zelt wieder ab und zog weiter. Herr Courtney betrat nie wieder das Schlafzimmer; er schlief im Gästezimmer bei verschlossener Tür. Manchmal besuchte er Alicia, deren Zustand sich nicht änderte. Jeden Abend besoff er sich. Dass er nicht vollends den Bach runterging, lag nur am Geheimprojekt. Das ging nicht mehr so glatt voran. Er und Greaves hatten ein paar Mal Tiere zurückgeschickt

- zuletzt einen Hundemischling - aber bisher konnten sie keinen von ihnen wieder zurückholen. Auf Seiten des Zeitelements waren zwar alle Schwierigkeiten beseitigt, aber die Sache mit dem Raum funktionierte noch nicht. Beispielsweise konnten sie ein Tier nach vorgestern zurückschicken und die Ankunftszeit auf Zehntelsekunden genau berechnen; aber sie konnten den Ankunftsort nicht vorausbestimmen, und sobald das Tier angekommen war, sprengte es den räumlichen Rahmen und war unauffindbar. Idealerweise sollte der Rückkehrort das Labor sein, denn dann wäre eine Rückholung einfach, und zukünftige Experimente könnten ohne Schwierigkeiten durchgeführt werden. Doch der Raum verweigerte eine Zusammenarbeit, und der Zielort blieb ein Geheimnis.

Die logische Antwort auf das Problem lag darin, ein Tier zurückzuschicken, das genug wusste, um im räumlichen Rahmen zu bleiben oder zumindest nachher sagen zu können, wo es gewesen war. Aber das Risiko für ein solches Lebewesen war zu groß. Doch gab es überhaupt ein Risiko? fragte sich Herr Courtney eines Tages auf dem Weg zur Firma. Sie hatten doch den Kugelschreiber problemlos wiederbekommen. Sicher, ein Mensch war kein Kugelschreiber, aber ihm unterlegen war er auch nicht, und alles, was ein Kugelschreiber konnte, konnte ein Mensch besser. Es war der menschlichen Würde abträglich, mehr Vertrauen an unbelebte Objekte oder Tiere zu verschwenden als an einen Menschen; ganz sicher war es abträglich für die finanzielle Zukunft der Cloverdale Research & Development Company. Ein Mann konnte das Projekt bei einem einzigen Trip weiter voranbringen als ein Kugelschreiber in vierzig solchen Versuchen. Wäre er der richtige Mann mit den richtigen zeitlichen Bedingungen, dann könnte er - er könnte -

Erstaunt über seine eigenen brillanten Gedanken beendete Herr Courtney seinen geistigen Satz, während er auf ein rotes Licht wartete: Er konnte einen heimlichen Inspektionsgang in einem bestimmten feudalen Haus an einem bestimmten Nachmittag durchführen und dabei ein für allemal herausfinden, ob er Hahnrei oder hirnrissiger Trottel war.

Als er in der Firma eintraf, konnte sich Herr Courtney kaum zurückhalten. Im Hinblick auf die Tatsache, dass es für Zurückhaltung auch keinen Grund gab, machte er sich nichts daraus. Es zog ihn ziemlich herunter, als niemand gegen sein Vorhaben protestierte. Er war auf eine ausgiebige Verteidigung vorbereitet, und jetzt - nichts! Die Erkenntnis, dass seine Mitbürger genauso egoistisch waren wie er selbst, war ausgesprochen desillusionierend; aber, so sagte sich Herr Courtney, etwas anderes hätte er nicht erwarten dürfen. In diesen Tagen dachte eben jeder nur an sich.

Also akzeptierte Herr Courtney des Menschen Unmenschlichkeit gegen den Menschen und bereitete sich großzügig auf sein erhabenes Opfer vor. Großherzig schüttelte er allen die Hand, bevor er den Transportraum der großen, telefonzellenartigen Maschine betrat, und lächelte ein letztes, tapferes Lächeln. Er betätigte persönlich die Schalter und ermahnte seinen Partner, keinen Versuch der Rückholung innerhalb der nächsten vierundzwanzig Stunden zu unternehmen. Also machte er sich auch nicht allzu große Sorgen, in der falschen Zeit zu landen oder in der Vergangenheit zu stranden. Aber ein *bisschen* war er schon beunruhigt. Nach allem, was er wusste, konnte er mitten im Kreml landen oder als Spion erschossen werden, oder, noch schlimmer, im Finanzamt aufscheinen und unfreiwillig eine Betriebsprüfung seiner Agenda auslösen. In solchen Fällen wäre sein Versuch vergeblich, denn sowohl Entfernung als auch Enttäuschung würden ihn vom eigentlichen Vorhaben abbringen.

Charley Snowden, der Chefingenieur, drückte den Knopf - mit einem Hauch rachsüchtiger Befriedigung, wenn man Herrn Courtney gefragt hätte. Er hatte die ganze Zeit über vermutet, dass der Mann ihn nicht mochte. Das war das Problem - niemand mochte ihn. Er konnte sich an tausend Gemeinheiten erinnern, die ihn während der vergangenen Jahre irritierten und ihn in diese Lage gebracht hatten; ihn zuletzt zu zwingen, einen von ihnen im Schlafzimmerschrank einschließen zu lassen. Sein ganzes Leben lang hatten die Leute Übles hinter seinem Rücken getan, und jetzt, da er endlich jemand war, musste er sich mit deren Eifersucht auseinandersetzen ... In diesem Augenblick wurde sich Herr Courtney einer gewissen Grauheit bewusst, die ihn umgab - eine geisterhafte schwebende Grauheit, die ihm den Magen umdrehte. Außerdem nahm er seinen Herzschlag wahr - sein Herz pochte wie die Rhythmusabteilung eines ganzen Rockorchesters. Wenn das nicht bald aufhörte, wenn nicht bald Normalität einkehrte, dann war es um Herrn Courtney in dieser Form geschehen. Jedenfalls würde es dann keinen lebenden Herrn Courtney mehr geben. Glücklicherweise - oder unglücklicherweise, wie man's nimmt - normalisierten sich die Dinge, und Herr Courtney fand sich auf einer Wiese mit drei Kühen.

Er erkannte die Wiese sofort als Teil einer Farm etwa zwei Meilen außerhalb von Cloverdale, und so trabte er eine staubige Allee entlang Richtung Halcyon Acres. Er hatte sich ausgerechnet, dass ihm eine Stunde genügend Spielraum geben würde, sein Ziel zu erreichen und seine Untersuchung zu beenden, bevor der entscheidende Augenblick erreicht war, und es sah so aus, als hätte er richtig kalkuliert. Allerdings hatte ihn der Wechsel des Aufenthaltsortes so ermüdet, dass er sich kaum die Straße entlang schleppen konnte. Schlimmer noch, er erlebte Wellen von Übelsein, und sein ganzer Körper war mit kaltem Schweiß bedeckt. Doch er hielt durch, und zuletzt erreichte er sein Ziel; doch der Aufstieg hatte ihm die letzte Kraft gekostet. Seine Brust schmerzte so schlimm, dass sich jeder Atemzug zu einem Alptraum entwickelte.

Ein Blick auf seine Uhr, die er vor dem Zeitsprung noch überprüft hatte, zeigte ihm, sein Plan, das Haus durch das Kellerfenster zu betreten, konnte nicht mehr realisiert werden. Also gab er jeglichen Gedanken an Täuschung auf und steuerte unverzüglich die Haustür an, öffnet sie, und betrat den Flur. Alicia kam ihm vom Wohnzimmer entgegen, als sie seine Schritte hörte. "Aber Monty," sagte sie, "ich hab dich gar nicht kommen hören." Und dann: "Geht's dir gut, Liebling? Du bist weiß wie ein Geist."

In ihren Augen lag Überraschung, aber nicht die leiseste Spur von Schuld. Doch Herr Courtney ließ sich nicht täuschen. "Wo ist er?" keuchte er. "Hast du ihn schon versteckt?"

"Wen denn, Monty?"

Er stürmte an ihr vorbei ins Wohnzimmer. Niemand war da. Er durchschritt den Flur und drang ins Schlafzimmer ein. Auch da war niemand. Auf halben Weg zum Schrank übermannte ihn ein Schwindel, und er stolperte gegen die Wand. "Monty!" rief Alicia und rannte zu ihm. "Du bist krank, ich rufe einen Arzt!"

Er stieß sie zur Seite. Er musste es wissen, musste es wissen, musste es wissen ... Jetzt war er in der Kammer, wo er sich an die Wände klammerte, um nicht umzufallen. In der Ferne schlug eine Autotür zu ... Die Haustür öffnete sich, Schritte waren im Flur zu hören. Alicias Schritte machten sich daran, diese anderen Schritte zu treffen ... Plötzlich schrie sie "Monty, das *kannst* du nicht sein!" Und danach: "Geh da nicht rein! Wenn dir dein Verstand lieb ist, geh da nicht rein!" Mehr Schritte - eilige - und dann das Schließen der Kammertür. In der plötzlichen Dunkelheit sank Herr Courtney schlaff zu Boden.

Weiter Schritte. *Klick!* Machte das Schloss der Kammertür. "Monty, nein Monty - du verstehst nicht!"

Es gab ein kurzes Schweigen, von gelegentlichem Schluchzen unterbrochen. Plötzlich waren dumpfe Schläge zu hören, wie von schweren Gegenständen, die auf den Schlafzimmerboden fielen. Zuletzt erstarben die Geräusche, um von seltsamen Schleifgeräuschen gefolgt zu werden; danach erstarben auch diese Geräusche, und eine bekannte Stimme sprach bekannte Worte. Ein letzter dumpfer Schlag, ein eher sanfter diesmal, wie wenn ein Körper auf den Boden fällt ... Herr Courtney Zukunft lag am Boden und versuchte zu schreien. Kein Ton kam aus seiner Kehle. "Um Gottes Willen, Montresor," flüstere er. "Um Gottes Willen!"

+++

Literatur

John W. Campbell: "Who Goes There?". Astounding Science-Fiction, August 1938. Deutsch: "Das Ding aus einer anderen Welt".

John W. Campbell: "Frozen Hell" (2019). Wildside Press LLC.

"Short Things. Stories Inspired by John W. Campbell's Classic Novella, WHO GOES THERE?". Wildside Press 2019

Hal Clement: "Needle." Astounding Science-Fiction, May 1949. Deutsch: Symbiose

Eric Frank Russell: "A Little Oil" (1952). Deutsch: "Ein Tropfen Öl" (Galaxis 1958)

Jack Finney: "The Body Snatchers" (1955). Deutsch: Unsichtbare Parasiten. Die Körperfresser kommen.

Mehr Aufgaben logischer Natur a la "Robotermord" finden sich in dem amüsanten Buch von Raymond Smullyan: "Dame oder Tiger? Logische Denkspiele und eine mathematische Novelle über Gödels große Entdeckung." Wolfgang Krüger 1983.

Die erste Übersetzung der ersten Strophe des Jabberwock-Gedichts stammt von Christian Enzensberger ("Alice hinter den Spiegeln", insel Taschenbuch), die zweite von Otto Schrag ("Mimsy were the borogoves" von Lewis Padgett, Rauch-Verlag).

Bücher des Verfassers

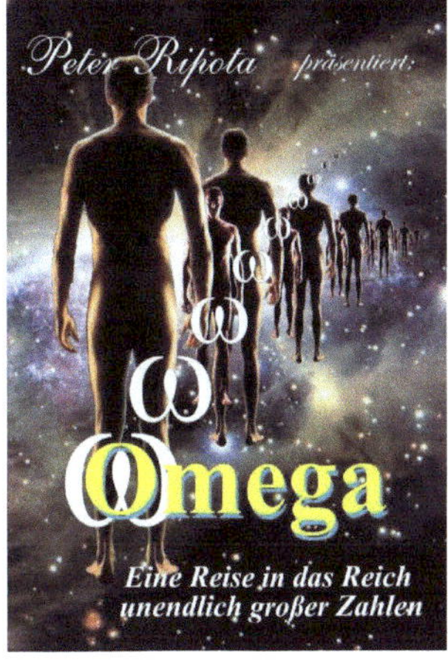

Peter Ripota
präsentiert:
Der Untergang
Österreichs
und andere Szenarien
aus parallelen Welten
Alternative Geschichte einmal anders!

Peter Ripota
präsentiert:
Einsteins einmalige Einsichten
Die Relativitätstheorien
und wie es dazu kam

Manuela Bößel & Peter Ripota
MÄNNER FÜHREN,
FRAUEN FOLGEN?
GESCHLECHTERBEZIEHUNGEN
IM ECHTEN LEBEN UND IM TANGO

PETER RIPOTA
HEILUNG AUS
DEM CHAOS
Die Medizin des
Wassermann-Zeitalters
SEMITARIUS VERLAG